우리의 기억은,
희망의 기적을 만듭니다.

2
0
2
4
1
2
0
3

이 소설은 기록과도 같은 소설입니다.
이 소설은 소설과도 같은 기록입니다.

20241203

소재원 지음

2
0
2
4
.
1
2
.
0
3

그날의 주인은 권력자가 아닌,
바로 우리 국민이였다.

차례

프롤로그	008
오상진	009
이수진	042
박재형	067
안현모	102
한선영, 오현정	151
이재연	185
소재원	202

프롤로그

2024년 12월 3일. 오후 10시 28분.
비상계엄이 선포 됐다.

오상진

 오늘도 그는 오늘을 버티기 위해 오늘을 살아간다.

"비상계엄령을 선포합니다."
믿을 수 없는 말이 대한민국 전역에 울려 퍼졌다. 사람들이 하루를 마무리하고 귀가한 시간이었다. 대통령은 뜬금없고 강압적인 소식을 국민에게 통보했나.
 지극히 평범한 날이었다. 어느 누구도 대한민국 최고 권력자가 비상계엄을 선포하리라고는 예상하지 못했다. 나라가 흔들릴 만한 위급상황은 없었다. 북한과 전쟁 위기가 고조되지도 않았다. 평범하다 못해 지루하기까지 한 그저 그런 하루가 지나가고 있었을 뿐이다. 습관처럼 당연한 일상을 살아가고 있던 대한민국이었다. 보통날을 보내던 이들에게 비상계엄은 황당함 자체였던 것이다. 그런 국민을 위해 대통령은 직접 비상계엄의 이유를 밝혔다.

종북 세력의 횡포와 부정선거가 있었다고 했다. 그로인해 국가 전복 사태가 벌어지고 있는 위급한 상황이라 했다. 이번 비상계엄을 통해 대한민국을 좀 먹는 종북 세력을 척결하겠다고 했다.

고급 승용차 안에서 이를 받아들이는 두 남자의 표정은 확연한 차이를 보였다.

뒷자리에서 차량 모니터로 뉴스를 보던 60대 김영수는 웃음을 지었다. 골프복 차림에 걸쭉하게 취한 김영수는 자신도 모르게 소리쳤다.

"그래 이참에 종북 좌빨 새끼들이랑 노조 새끼들 다 때려잡아야지. 잘한다!"

동시에 두꺼운 점퍼를 입고 운전을 하던 40대 오상진의 낯빛은 어두워졌다. 어안이 벙벙한 얼굴로 대통령의 핑계에 집중했다. 그는 얼토당토않은 억지스러운 이유를 듣다보니 궁금증이 생겼다. 그가 눈미러로 뒷좌석을 바라봤다. 김영수는 당황한 아나운서가 제대로 된 진행을 하지 못하자 낄낄거리고 있었다. 오상진이 마른침을 꿀꺽 삼켰다.

"저 손님. 혹시 비상계엄 선포할 때 수화 통역사도 있었나요?"

김영수도 풀린 눈으로 눈미러를 바라봤다. 거울을 통해 오상진과 김영수의 눈이 마주쳤다. 왜 이런 질문을 던졌는지 오상진 자신도 이해할 수 없었다. 문득 중고등학교 때 배운 5.18이 생각났다. 잘은 모르겠지만 지금과 5.18이 비슷해 보였다. 오상진의 불길한 예감은 초조한 기다림을 만들었다. 다행히도 김영수의 급한 성격이 기다림을 서둘러 몰아냈다.
"통역사? 그건 왜?"
"보통 정부가 공적인 말을 전할 땐 통역사가 있잖아요."
김영수가 고개를 갸우뚱했다.
"그랬었나? 지금은 없는데?"
오상진의 등골이 서늘해졌다. 광주에서 발생한 첫 희생자는 청각장애인이었다. 계엄이 선포된 걸 몰랐던 청각장애인은 비참한 죽음을 맞이해야만 했다.
그제야 오상진은 본능이 5.18을 떠올린 이유를 알게 됐다. 그에게 단어 하나가 새겨지며 날 선 섬뜩함이 찾아왔다.
'내란'
이번에도 오상진의 머리에 박힌 단어가 오답이 아님을 증명하는 소리가 들려왔다. 차량 스피커를 통해 아나운서의 긴박한 음성이 고스란히 전해졌다.
'방금 포고령이 발효됐습니다. 자유대한민국 내부에 암약하고 있는 반국가 세력의 대한민국 체제전복 위협으로부터 자유민주주의를 수호하고, 국민의 안전을 지키기 위해 2024년 12월 3일 23:00 부로 대한민국 전역에 다음 사항을 포고합니다.
1. 국회와 지방의회, 정당의 활동과 정치적 결사, 집회, 시위 등 일체의 정치활동을 금한다.
2. 자유민주주의 체제를 부정하거나 전복을 기도하는 일체의 행위를 금하고 가짜뉴스, 여론조작, 허위 선동을 금한다.
3. 모든 언론과 출판은 계엄사의 통제를 받는다.
4. 사회 혼란을 조장하는 파업, 태업, 집회 행위를 금한다.
5. 전공의를 비롯하여 파업 중이거나 의료 현장을 이탈한 모든 의료인은 48시간 내 본업에 복귀하여 충실히 근무하고 위반 시는 계엄법에 의해 처단한다.
6. 반국가 세력 등 체제전복 세력을 제외한 선량한 일반 국민들은 일상생활에 불편을 최소화할 수 있도록 조치한다.
이상의 포고령 위반자에 대해서는 대한민국 계엄법 제9조(계엄사령관 특별 조치권)에 의하여 영장 없이 체포, 구금, 압수수색을 할 수 있으며, 계엄법 제14조(벌칙)에 의하여 처단한다.
2024. 12. 3. (화) 계엄사령관 육군대장 박안수.'
똑같았다. 전두환 시절 내려진 포고령과 비슷하다 못해 똑같았다. 아니, 더 악랄했다. 대한민국 역사에 남겨져 있는 학살자조차 쓰지 않았던 처단이라는 말을 아무렇지 않게 쓰고 있었다. 과거 역사가 가르쳐준 내란과 정확하게 일치하는 현실을 믿을 수 없었다. 오상진은 '이거 진짜야? 왜 이렇게 무모한 일을 벌였지?'라는 물음이 생겼다. 그의 머리는 간단명료한 답을 알려왔다.

'독재!'

대한민국 근현대사는 아주 명쾌한 모범 답안을 제시했다. 대통령은 그럴싸한 이야기로 종북과 부정선거, 자유와 민주주의를 이야기하지만, 안에 꼭꼭 숨겨진 진실은 바로 독재라는 탐욕이었던 것이다.

역사가 일깨운 진실은 오상진에게서 두려움을 몰아내려 했다. 하지만 두려움은 더디게 물러났다. 그의 손이 파르르 떨려왔다. 그에게 잔류하며 버티던 두려움은 뜻하지 않은 인물이 말끔히 물리쳤다.

바로 김영수였다.

"어이! 기사 양반. 자넨 어떻게 생각해?"

혀가 꼬인 김영수가 들뜬 기분으로 물었다. 오상진이 눈미러에 시선을 고정했다. 이미 김영수의 눈이 대답을 재촉하듯 대기하고 있었다.

"이건 내란 아닌가요? 전두환보다 더한데요? 살다 살다 내란을 직접 겪네요."

오상진의 말이 끝나자마자 김영수는 어린아이를 꾸짖듯 쏘아붙였다.

"기사 양반이 아직 세상을 모르네. 종북 세력이 얼마나 많으면 이랬겠어?"

오상진도 지지 않았다.

"종북 세력이 누군데요? 그건 독재를 위한 핑계죠. 전두환, 박정희 때도 종북 팔이 했잖아요."

김영수가 곧장 훈계했다.

"누구긴 누구야? 야당 새끼들이지. 그것도 몰라? 그리고 자네가 어려서 잘 모르나 본데 전두환 박정희 때는 지금보다 더 종북 세력이 넘쳐났어. 그래서 다 때려잡은 거야."

"종북이라는 증거는요?"

"옛날이야 증거 잡기 힘들었지만, 지금은 유튜브만 봐도 증거가 차고 넘친다니까?"

오상진이 미간을 찌푸렸다.

"유튜브요? 저기 손님. 걔네가 말한 게 사실이면요. 검찰이 벌써 관련자들 기소했어요. 시장 부인이 법인카드 10만 원 썼다고 기소하고 재판 넘기는 거 아시죠? 그건 의혹이라고 말할 가치도 없으니까 거들떠보지도 않는 거예요. 팩트를 정확하게 말씀하셔야죠."

김영수가 살짝 흥분했다.

"기사 양반 팩트 좋아하는구나? 그럼 야당 놈들이 중국 좋아하고 북한한테 찍소리도 못하는 건 어때? 그거 팩트잖아? 그게 바로 종북이라는 증거야."
"박근해는 했나요? 윤성렬은 했어요?"
김영수가 한숨을 쉬며 한심하게 오상진을 노려봤다.
"장관이랑 국가 기관장 탄핵을 스물두 번이나 했어. 그게 국가 전복시키려는 거 아니야? 정부를 아예 마비시키자는 거잖아. 중국이나 북한 지령받은 종북 아니면 미쳤다고 그렇게 하겠어?"
오상진은 자신의 물음에서 벗어나 궤변을 호소하는 김영수의 대화법에 짜증이 밀려왔다. 감정은 고스란히 말투에 묻어났다.
"탄핵은 국회가 가진 권한 아닌가요? 그리고 친일 역사관도 그렇고, 각종 의혹과 부정적인 일에 엮인 사람들을 공기관에 임명한다는 게 말이 됩니까? 수사부터 받아야죠."
"흠 없는 사람이 세상에 어딨어?"
"일반인들은 그 정도 의혹이나 부정이 드러나면 회사 짤려요. 친일 역사관 가진 사람 역시 사회에서 매장당하고요."
김영수도 슬슬 말에 감정을 싫었다.
"장관이 일반인은 아니잖아!"
오상진이 즉각 반박했다.
"장관씩이나 되려면 일반인보다 더 바른 사람을 뽑아야죠."
김영수가 맞장구를 쳤다.
"말 잘했네. 더 바른 사람이어야지. 근데 북한이랑 중국이 부정선거 개입했다는 건 온 국민이 다 알아. 그러니까 야당 것들이 180석 넘게 차지한 거 아니겠어? 이건 그동안 야당 놈들이 탄핵한 사람들 비리나 의혹보다 더 심한 범죄야."
오상진이 답답한 마음을 겨우 참아냈다.
"대법원에서도 부정선거 아니라고 나왔잖아요."
"그러니까 종북 세력이 법원까지 장악한 거라고."
"종북 세력이 대법원까지 장악했으면 김건희 도이치 모터스는 진작 유죄 나왔겠죠."
김영수의 말문이 막혔다. 드디어 오상진에게도 가르침의 기회가 찾아왔다.
"손님 대화법이 지금 어떤지 아세요? 제 이야기에 대한 반박은 피하시면서 증명되지 않은 이야기들을 계속 문제라고 제시하시는데요. 그게 바로 물타기라는 거예요."
자존심이 상한 김영수가 버럭 화를 내며 모욕을 뱉어냈다. 오상진보다 훨씬 높은 사회적 위치를 가졌다고 자신했다. 평상시라면 마주칠 일도 없고 대화할 일도 없는 하찮은 녀석이 계속 김영수에게 틀렸다고 말하고 있다. 불쑥 '그렇게 이치에 밝은 인간이 대리나 하고 있나?'라는 업신여김이 찾아들었다. 상대에 대한 무시는 있는 그대로 입을 통해 배설됐다.
"그렇게 세상을 모르니까 대리나 하고 있지!"
순간 적막이 감돌았다. 김영수는 뱉은 말을 후회하지 않았다.

오히려 속이 뻥 뚫린 통쾌함을 만끽하며 승리의 미소를 보였다.
덕분에 오상진에게서 두려움은 사라졌다. 분노는 어떤 감정도 허락하지 않았다. 그의 입은 거침이 없었다.
"손님. 그런 말씀하시면 여기서 운행 중지하겠습니다. 이건 합법적인 절차이기에 어떤 처벌도 받지 않아요. 결제 거부하셔도 대리회사에서 처리해 주게 되어 있습니다."
한번 터진 김영수의 입은 사정을 두지 않았다.
"그래! 니들 같은 놈들 때문에 우리만 죽어나는 거야. 싫은 소리 안 들으려 하고 일은 조금만 하면서 돈은 많이 가져가려 하고. 안 그래? 그딴 법 누가 만들었는데? 빨갱이 새끼들이 말이야. 우리 같은 기업인들 다 죽여서 니들한테 나눠주려고 하는 거라고!"
오상진이 차를 멈췄다. 안전벨트를 풀고 뒷자리를 돌아봤다. 김영수가 비웃었다.
"왜? 내리게? 요즘 젊은 것들은 편히 살아와서..."
"아저씨는 뭘 그렇게 고생했는데?"
오상진의 목소리가 차분해졌다. 감정이 전혀 느껴지지 않았다. 조금 전까지 적극적으로 언성을 높이던 오상진은 사라지고 없었다. 인간미가 느껴지지 않는 모습에 김영수는 서늘함을 느꼈다. 오상진이 조용히 말했다.

"어차피 바디캠에 아저씨가 말한 것들 녹음은 됐고 나도 한마디만 할게. 아저씨. 내가 아저씨 세대에 태어났고 조금만 더 못됐었잖아? 아저씨보다 훨씬 잘됐을 거야. 최저임금이 지켜지긴 했어? 그렇다고 안전관리가 철저했어? 당신들 세대에 백화점이 무너졌어. 아파트랑 다리도 무너지고 별별 인재가 다 일어났다고."

김영수는 오상진의 가라앉은 기분 속에서 위험을 감지했다. 위협적이진 않았지만 알 수 없는 압박이 오상진의 이야기를 얌전히 듣게 했다.

"사람 부리면서 돈도 제대로 안 줘. 몇 푼 더 꼬불쳐 보겠다고 부실 공사를 당연하게 생각해. 당시 대한민국에서 사업하는 사람 대부분이 그랬다고. 최저임금 주기보단 공무원한테 술 사고 밥 사고 봉투 주는 게 훨씬 현명하다고 말하던 시대니까. 사람들이 외화 벌겠다고 다른 나라 탄광에서 일할 때 아저씨는 뭐 했는데? 그때 팔려 간 사람들 돈은 제대로 받았고? 아니, 그 돈도 죄다 당신들이 찬양하는 권력들이 챙겼잖아. 국가가 사람까지 팔아서 돈 챙겼던 시대야. 권력에 빌붙으면, 하다못해 동네 동사무소 소장한테 가서 아첨 떨고 눈치껏 법 어기고 살면, 잘 먹고 잘살았었던 시대라고. 아저씨가 좋았다고 말하는 시대는, 정직하게 열심히 살아온 사람들이 이용당하고 손해 봤던 세상이라고. 이제 정상으로 돌아가려니까 아저씨가 손해 보는 것 같아? 더 웃긴 건 아저씨같이 별 볼 일 없는 사람들이 대단한 삶을 살아온 것처럼 가르치려 든다는 거야."
오상진은 아버지를 떠올렸다. 분노보다 가슴 아린 뜨거운 추억이 그를 가득 채워갔다.
"당시 뼈마디가 굳어버릴 때까지 열심히 살고도 가난한 사람들이 대부분이었어. 그런 사람들을 아저씨 같은 사람들이 뭐라 했는지 알아? 시대의 흐름을 읽지 못해서 가난한 거라고 비웃었지. 근데 더러운 권력에 기생하던 당신들이 만든 비참한 자화상이란 생각은 안 해봤어?"
오상진의 음성은 낮았지만 화법은 굉장히 공격적이고 차가웠다.
김영수의 취기는 진즉 사라졌다. 덕분에 맑은 정신이 사리분별을 분명하게 했다. 이성은 세 치 혀를 엄격히 통제하고 경청을 강제했다. 무슨 말을 꺼냈다간 돌발 상황이 벌어질 것 같았다. 그리고 다는 아니었지만 일부 오상진의 말에 공감하기도 했다. 천성이 눈치가 빨랐다. 어느 줄에 서서 이첨을 떨어야 하는지 남들보다 빠른 판단이 가능했다. 그런 기재가 지금도 침묵을 제안한 것 아니던가.
오상진의 사나운 증오도 어느 정도 인정했다. 맞다. 잘 먹고 잘 살기 위해 권력에 빌붙었다. 땀 흘리는 노동자의 고혈을 짜내 재산을 불렸다. 뇌물을 줘서 빠르고 쉽게 일을 처리해왔다. 하지만 그게 잘못이나 비난받을 일은 아니다. 현명한 삶의 지혜가 알려준 비법이었을 뿐이다.

오상진은 현명한 삶을 사는 이들의 역사의식도 비난했다.

"그리고 아직도 민주화 운동을 빨갱이 세력이라고 우기고 있지? 증거까지 조작하면서 말이야. 아저씨가 거짓말을 믿는 이유를 알려줄까? 정말 민주화가 되면 아저씨 같은 사람들이 설 자리는 없어지니까. 노력하고 열심히 살아가는 이들이 잘 사는 세상이 되니까. 꼼수 부리고 아첨하고 미꾸라지처럼 법을 어기면 잘살았던 시절은 돌아오지 않으니까."

상황이 역전됐다. 모욕을 당한 오상진에게 비참함은 보이지 않았다. 오히려 김영수가 발가벗겨진 기분을 느껴야 했다.

일반적으로 말하는 수치심이 아니었다. 부의 축적 방법이 까발려지는 게 싫었을 뿐이다. 하찮은 인간들이 방법을 알게 되면 바꾸려 할 테니까. 김영수는 괜히 똥 마려운 강아지마냥 안절부절못하며 대놓고 찜찜한 기색을 내비쳤다.

오상진이 쐐기를 박았다.

"독재를 바라는 사람은 세 종류의 인간들뿐이야. 첫 번째 종류는 과거 권력에 빌붙어서 법꾸라지처럼 법을 어기고 돈을 벌었던 아저씨 같은 사람들이고. 두 번째 종류는 가진 건 쥐뿔도 없으면서 아저씨 같은 사람들이 지지하니까 덩달아 지지하는 사람들. 그러면 자신도 아저씨와 같은 위치가 된다고 착각하는 머저리들. 마지막 세 번째는 노력으로 얻어지는 세상에선 살아남을 수 없는 무능력한 자들."
전부 들켜버렸다. 김영수가 할 수 있는 일이라고는 술은 깼지만 아직 풀려있는 눈으로 오상진을 노려보는 일이 유일했다.
오상진이 시동을 끄고 말했다.
"운행 끝났습니다. 손님."
김영수는 위협에서 해방되자 용기가 샘솟았다. 하찮은 대리기사 따위에게 삶의 지혜가 까발려졌다. 이런 인간들이 많아지면 5.18처럼 바꾸겠다고 설치게 된다. 빼앗기지 않으려면 단호한 조치가 필요하다.
"너 지금 말한 거 나도 다 녹음했다. 정말 후회 없이 갈 수 있겠어? 내가 아는 변호사들이 대형 로펌…"
김영수의 협박이 무력해졌다. 말을 잘라먹은 오상진이 귀찮다는 듯 문을 열고 나갔다.
"그래서 국회 가려고요. 아저씨 같은 사람들이 협박용으로 인맥 자랑하는 꼴 보기 싫어서."
오상진이 문을 닫고 미련 없이 돌아섰다.

다행히 근처 버스정류장에서 20분이면 충분히 국회로 갈 수 있을 것 같았다.
오상진이 버스에 올랐다. 늦은 밤 버스 기사는 자신의 핸드폰으로 유튜브를 틀어놓고 볼륨을 높여 많은 사람들이 듣게 했다.
야당 대표가 운영하는 채널인 듯했다. 야당 대표는 실시간 라이브 방송을 진행하며 차 안에서 호소하고 있었다.
"여러분 국회로 와주십시오. 국회로 와서 국회를 지켜주십시오. 계엄을 막아주십시오."
오상진은 아내에게 전화를 걸었다.

: : :

오상진의 일상이 바뀐 지 3개월이 지나가고 있었다. 자괴감이 찾아온 지 3개월이 지난 시점이기도 했다. 낮과 밤을 쉬지 않고 일한 지 3개월째 되는 날이기도 했고, 깊은 밤 취객을 상대하는 일이 적응되지 않는 3개월이기도 했으며, 그가 복잡한 마음을 추스를 여유조차 없었던 3개월이기도 했다. 미래에 대한 두려움은 자기 위안 따위를 허락하지 않았다. 그는 당장 새로운 일을 찾아 오늘을 버텨야만 했다.
3개월 전, 부장은 오상진에게 권고사직을 권했다. 그가 부장의 말이 떨어지기 무섭게 대리운전 애플리케이션을 깔고 운전면허증을 등록한 지 3개월이 흘러가고 있었다.
과연 어디서부터 잘못된 것일까?

대학을 졸업하자마자 생애 첫 직장으로 들어간 회사였다. 출근 첫 날 근엄한 아버지가 커다란 쇼핑백을 건넸다. 쇼핑백 안에는 반짝이는 구두가 첫 출근을 축하해주고 있었다.
아버지가 쑥스러워하며 거실 소파에 앉아 TV를 켰다.
"절대 남의 돈 공으로 먹을 생각하면 안 된다. 열심히 일한 만큼 돌려받고 사는 게 사람 사는 세상이란 거 명심해라."
오상진이 활짝 웃으며 아버지를 껴안았다.
"고맙습니다. 다녀올게요."
"잘하고 와라."
오상진의 등에 뼈마디가 굵고 거칠지만 따듯한 아버지의 투박한 손길이 전해졌다. 아버지는 가난한 집 7남매 장남으로 태어났다. 중학교 졸업장은 아버지께 사치였다. 무슨 일을 해서든 동생들을 보살펴야 했다. 아버지는 건설 현장에서 잡일을 하며 어린 동생들을 학교에 보냈다. 막내 동생이 고등학교에 들어가고 나서야 아버지는 중학교 검정고시를 봤다. 고등학교 검정고시는 꿈도 꾸지 못했다. 먹고 살기 위해선 공부보단 기술을 배워야했다. 아버지는 20대 초반 철거 일을 배웠고 한 건설 회사에 들어갔다. 처음이자 마지막 직장이었다. 40년 동안 성실하게 다닌 회사 출근 시간은 새벽 6시였다. 퇴근시간도 6시였는데, 출근시간은 칼같이 지켜야했으면서도 퇴근시간은 칼같이 지켜지지 않았다. 아버지는 항상 저녁 8시가 넘어서야 집에 들어 올 수 있었다.

아버지에게 오상진이 취직한 회사는 아주 만족스러운 직장이었다. 아마도 시장에서 파는 작업화만 샀던 아버지에게 구두는 자식을 위해 처음으로 사본 사치품이었을 것이다.

오상진이 지하철에 앉아 새 구두를 내려 봤다. 불현듯 아버지가 손가락 관절염을 앓으면서도 하루 13시간 이상 일하면서도 버텨왔던 이유가 궁금해졌다.

어쩌면 아버지는 그가 반짝이는 새 구두를 신고 출근하는 미래를 위해 버텨왔는지도 모르겠다.

'녀석이 밥그릇 챙길 수 있을 때까지만 버텨보자.'라는 다짐이 밤마다 손가락을 찜질하고 진통제를 삼키도록 강요했을지도 모르겠다.

아버지는 자식에게 반짝이는 새 구두를 선물하는 것을 끝으로 삶을 버티지 않아도 된다는 평온함을 선물 받았는지도 모르겠다.

반짝이는 새 구두는 그가 아닌 아버지 당신에게 주는 수십 년의 보상이었을지도 모르겠다.

오상진은 아버지에게 내려놓음을 허락했던 직장에서 8년 만에 나가달라는 통보를 받은 것이다.

결혼 1주년을 두 달 남겨놓은 어느 날이었다. 부장은 오상진에게 권고사직을 권했다. 어제까지만 해도 몇 개월 후 있을 연봉협상을 말하던 부장이었다. 하루아침에 날벼락처럼 벌어진 일이 쉽게 납득이 되지 않았다.

실적도 다른 직원들보다 월등히 좋았다. 불과 3개월 전에는 그가 제시한 아이디어로 회사 매출과 이미지도 개선됐다. 동료들도 내년에 있을 승진에 좋은 영향을 줄 성과라고 확신했다. 그에게 권고사직을 권하는 부장 역시 회식 자리의 주인공으로 그를 내세울 만큼 칭찬을 아끼지 않았다.

오상진의 당혹감을 읽은 부장이 넌지시 말했다.

"사장이 바뀌었잖아."

"네? 그런데요?"

"우리 회사 사장은 정부에서 임명하는 거 알잖아."

"그래서요?"

오상진은 부장의 말이 이해되지 않았다. 빙빙 돌려 말하던 부장이 주위를 둘러보더니 그에게 나시막하게 속삭였다.

"자네 집회 나갔다가 사진 찍혔잖아."

"제가요? 무슨 집회요?"

부장과는 다르게 오상진은 당차게 물었다. 집회 자체를 나간 적이 없었다. 종교가 있는 것도 아니고 정치적인 색깔이 있어 정당에 가입한 사실도 없었다. 어느 집단에도 속해있지 않은 그에게 집회는 낯설고 생소한 일이었다.

부장이 다시 주변 눈치를 보더니 조용히 말했다.

"할로윈 때 이태원 갔었잖아. 카톡 프사에도 해놨었고. 방송국이랑 인터뷰도 하고."

그제야 오상진이 "아!"하고 짧은소리를 냈다.

"근데 그건 집회가 아니잖아요. 그저 동생 같은 친구들이 안타까워서 국화 한 송이 놓고 왔던 건데."

부장은 안타까움 섞어 잘못을 지적했다.

"인터뷰 때 말이야. 안전불감증이라고 발언했었잖아. 그거 보고 사장이 정치적 중립이 무너졌단다."

어처구니가 없었다. 상식을 벗어나도 한참 벗어나 있었다. 트집이라고 말하기에도 민망한 수준의 논리였다.

"제가 공무원입니까?"

언성이 높아진 오상진의 예민한 말투에 주변 공기가 냉랭해졌다. 그는 거침이 없었다. 당당했기 때문이다. 최근 올린 성과를 떠올리며 회사에 꼭 필요한 사람이라는 확신이 자존감을 높여줬다. 부장은 눈을 부릅뜬 그를 피해 고개를 돌렸다.

"그리고 틀린 말도 아니잖아요. 쌍팔년도도 아니고 지금 그게 권고사직 사유가 된다고 보세요?"

부장도 억지라는 것을 잘 알고 있었다. 민망함을 견딜 수 없었던 부장은 사장에게 모든 책임을 떠넘겼다.

"아무튼 사장이 부임하자마자 콕 찝어서 자네 이름부터 이야기하는 걸 어떡해? 일단 나는 전달했고 판단은 자네가 하는 걸로... 그럼 이만 난 회의 들어가야 해서."
부장이 황급히 자리를 떴다. 오상진이 맥 빠진 얼굴로 주위를 둘러봤다. 동료들이 그의 편을 들어줄 거라 확신했다. 하지만 그의 눈을 마주한 동료들은 황급히 키보드를 두드리거나 뭔가에 몰두하기 바빴다.

버텨야만 했다. 임신 계획을 세우던 아내와 오상진에게 선택의 기회는 없었다. 눈과 귀를 막고 꿋꿋하게 버티면 되는 문제였다. 예전같이 책상을 밖으로 뺀다던가 업무를 배제하는 비인간적인 대우는 없었다. 하지만 더 진화된 방법이 그를 조금씩 짓눌러왔다.
오상진이 출근을 하면 동료들은 아무렇지 않게 함께 회의를 했다. 동료들은 회의실에 들어가자마자 무언의 압박으로 그를 괴롭혔다. 회의의 형식을 빌렸을 뿐 예진과 달라신 긴 없었던 것이다.
회의가 시작되면 안에 있는 사람들은 침묵을 지킨 채 그만을 바라봤다. 그때마다 부장이 물었다.
"우리 오상진 대리 생각은 어때?"
오상진은 당차게 맞서기 위해 발버둥 쳤다.

"시작하지도 않은 회의에서 뭘 말하라고요? 대체 회의 주제가 뭡니까?"
오상진은 자신감을 꾹꾹 눌러 큰 소리로 외쳤지만 어떤 대답도 들려오지 않았다.
그렇게 3개월 동안 하루도 쉬지 않고 회의가 진행됐다. 언제나 한결같이 동료들의 시선은 그를 향했다. 참다못한 그가 소리쳤다.
"이렇게 있을 시간에 각자 일하는 게 효율적이지 않나요? 대체 왜 이렇게 비겁한 짓들을 하는 겁니까!"
누구도 응답하지 않았다. 그가 자리를 박차고 나가고 나서야 동료들은 본격적으로 회의를 진행했다. 뿐만이 아니었다. 그는 회사 단체 채팅방에서도 철저하게 왕따를 당했다. 어떤 협력도 기대할 수 없었다. 회사란 조직 사회다. 아무리 능력이 뛰어난 사람일지라도 조직에서 소외되면 아무것도 할 수 없다. 강제로 책상을 빼는 방법보다 훨씬 진화된 극도의 괴롭힘이었다. 대놓고 책상을 빼버리면 비참함은 있을지언정 긴장감은 덜하다. 하지만 같은 공간에서 집단의 시선을 받고 따돌림을 받게 되면 1분 1초도 긴장을 놓을 수 없다.
그는 시장경제 원리에 따라 능력만 있으면 예전으로 돌아갈 수 있다는 희망을 품었다. 그는 압박을 이겨내고 열정적으로 업무에 임하려했다. 그럴수록 동료들은 찬물을 끼얹었다. 그가 아무리 좋은 아이디어를 제시해도, 회사에 이익이 남을 것이 확실해도 절대 동조하지 않았다. 조직의 수장과 다른 생각을 가졌다는 명분은 어떤 정당성도 허용하지 않았다. 파이팅 넘치던 처음과 달리 희망은 갈수록 힘을 잃어갔다. 반대로 심리적 부담감은 쌓여만 갔다. 점점 무력함이 그를 지배했다. 퇴근 시간을 기다리며 시계를 자주 쳐다봤다. 집단의 시선에서 탈출해야만 제대로 숨이 쉬어졌다. 건물 안의 갑갑함이 싫어 집으로 가기보단 정처 없이 거리를 떠돌았다. 몇 시간만이라도 마음껏 숨을 쉬고 싶었다. 자연스럽게 대리기사로 투잡을 뛰며 늦은 밤까지 거리를 누볐다.

그렇게 한 달을 정신력으로 버티고 있을 때였다. 그는 여느 날과 다름없이 칼 퇴근을 하려했다. 서둘러 사무실 문을 나서는데 사장이 문을 열고 들어왔다. 사장은 주위를 둘러보며 '수고들 하십니다!'라고 소리치며 분위기를 제압했다. 동료들은 자리에서 벌떡 일어나 허리를 굽히며 복종을 표했다. 유일하게 그만이 허리를 꼿꼿하게 펴고 있었다. 시장이 그에게 다가왔다.

"명함 한 장 주겠나?"

오상진이 잠시 사장을 쏘아보더니 명함을 건네기 위해 지갑을 열었다. 사장은 명함을 받자마자 구겨버리고는 바닥에 떨궜다.

"우리 회사 명함 말고."

그가 참아왔던 화를 폭발하려 했다. 아쉽게도 사장의 행동이 한발 빨랐다. 사장은 그의 화를 앗아가는 동시에 두려움과 수치심을 안겼다.

사장은 재킷 안에서 수첩을 꺼내 읽기 시작했다.

"저녁 8시 40분에 겨우 콜을 잡았더군. 그전까지 계속 미친 사람처럼 여기저기 기웃거리며 걸어 다니던데."

오상진의 얼굴이 달아올랐다.

"콜 하나 마치고 다시 걸어 다니다가 10시 50분에 두 번째 콜을 받았네. 요즘 경기가 안 좋긴 한가 봐. 좀비처럼 핸드폰만 보고 걸어도 콜이 없는 걸 보니."

오상진은 맞설 의지가 꺾였다.

'감시'

일거수일투족이 감시당했다는 걸 알게 되자 온몸이 뻣뻣하게 굳어갔다. 오상진을 감시하는 시선은 회사 안에서만 존재하는 게 아니었다. 거리를 떠돌고 있어도, 손님 차를 운전하는 와중에도 시선은 쉬지 않고 그를 따라다녔다. 그가 마음 놓고 긴장을 풀 수 있는 안전지대는 없었던 것이다.

사장은 거침없이 떠들었다.

"11시 반에 컵라면 하나 먹고 집에 들어갔네? 그것도 걸어서. 일부러 집 근처로 콜 잡은 건가? 에이! 그러면 쓰나. 멀어도 여기저기 열심히 뛰어다녀야지."

오상진이 고개를 숙였다. 근육이 경직되며 온 신경을 압박했다. 입술을 질끈 깨물고 몽롱해지는 정신을 부여잡았다. 사장이 그의 어깨를 토닥였다.
"그러니까 명함 하나 줘 봐. 오늘 우리 회식이거든. 어제 3만 원 돈 벌었나? 내가 따블로 불러줄게. 가족 같은 회사라는 게 뭔가? 어려울 땐 서로 돕고 해야지. 자네가 회사 나가더라도 꼭 불러줄 테니까 걱정 말고."
사장이 명함을 받기 위해 손을 내밀었다. 오상진의 심장이 요동쳤다. 호흡이 빨라졌다. 식은땀이 흘렀다. 사장의 손을 뿌리쳐야 했지만 팔이 굳어 움직여지지 않았다.
사장은 손목에 찬 번쩍이는 시계를 보며 이마를 쳤다.
"내 정신 좀 봐. 퇴근 시간 5분이나 지났네. 자네 퇴근하자마자 마포역 쪽으로 걸어가서 바로 먹자골목 쪽으로 빠져야 하는데. 미안. 어서 가봐. 그래야 한 푼이라도 더 벌지."
사장은 잔인한 미소로 오상진을 노려봤다. 당장이라도 나가야 했다. 계속 서 있다간 우스워지는 건 둘째 치고 호흡곤란으로 쓰러질 것 같았다. 그는 겨우 숨을 헐떡이며 버티고 있었다. 죽을힘을 다해 발걸음을 옮겼다. 사장의 껄껄거리는 웃음이 심장을 철렁하게 했지만 살아남기 위해 몸부림쳤다. 죽는 것보단 수치심과 두려움이 훨씬 가벼운 형벌이었다.
그가 지옥 같은 사무실을 힘겹게 헤쳐 나왔다. 몸이 타들어 가는 통증과 함께 길고 긴 복도를 미친 듯이 달렸다. 목적지는 점심시간에 우연히 봤던 정신과였다. 마감 시간이 오후 7시라고 적힌 것을 어렴풋이 본 것 같았다. 그는 기억이 틀리지 않았음을 간절히 바라며 목숨을 걸고 병원으로 뛰어갔다.

오상진은 공황장애 판정을 받았다.
처음으로 대리운전을 하루 쉬었다.
다음날 그는 약을 먹고 다시 회사로 출근했다.

오상진은 회사에 출근하자마자 반차를 냈다. 아무도 무슨 일이냐고 묻지 않았다. 그는 지하철을 타고 고용노동관서를 방문했다. 고객지원실은 인산인해를 이루고 있었다. 오전 일찍 도착했지만 11시가 넘어서야 그의 차례가 돌아왔다. 앉아서 기다리는 동안 이곳을 찾은 사람들의 사연을 귀동냥으로 들을 수 있었다. 임금체불이 가장 많았다. 상담원은 익숙한 듯 정해진 절차를 설명했다. 아직도 임금체불이 있을 줄은 상상도 못했다. 하다못해 편의점도 최저임금을 지키는 세상에서 임금체불이라니! 그의 눈은 믿을 수 없다는 강한 의지를 나타내고 있었다. 하지만 대부분의 사람은 눈물을 훔치며 상담을 하고 있었다. 어두운 표정으로 내일을 걱정하고 있는 마음이 그에게도 전해졌다. 어느새 그는 의심을 거두고 측은한 마음으로 그들의 사연에 집중했다.

어느덧 오상진 바로 앞 대기자까지 상담이 종료됐다. 역시 임금체불 문제였고 상담사는 앵무새처럼 앞선 사람에게 했던 말을 되풀이하고 있었다. 하도 듣다 보니 임금체불에 대한 절차를 술술 외울 정도였다. 곧이어 "딩동"하고 그의 번호가 전광판에 나타났다. 그가 앉자마자 상담사는 임금체불 진정서를 쓸 것인지 근로기준법 위반으로 고소를 원하는지 물으려 했다. 그는 눈치채고 빠르게 선수를 쳤다.

"전 임금체불 문제가 아니라요. 직장 내 괴롭힘이라고 해야 할까요?"

상담사가 임금체불 절차가 적힌 종이를 건네려다 손을 거뒀다.

"그러시군요. 잠시만요."

상담사는 절차가 적힌 문서를 찾기 위해 파일을 뒤적이며 말했다.

"직장 내 괴롭힘은 증명이 힘들어요. 증언이나 녹음자료가 있어야 하는데요."

"그런 건 없어요."

상담사의 손이 멈췄다.

"그럼 처벌이나 고소 자체가 힘들겠는데요. 지금부터라도 증인을 찾거나 녹음하셔야 가능해요."

오상진의 마음이 급해졌다. 상담사에게 어제 있었던 일을 빠르게 설명했다. 억울하게 지내왔던 지난날의 이야기도 자세하게 전했다. 상담사는 가만히 듣고 있다가 중간에 그의 말을 잘랐다.

"거기에 대한 증거를 가져오셔야 해요. 부당해고도 아니고 권고사직을 권유받은 것뿐이잖아요? 회의 때 의견을 물어본 게 의도적인 괴롭힘이라는 입증도 어렵고요."

오상진의 말문이 막혔다.

"그리고 선생님이 주장하시는 이유로 회사가 권고사직을 권했다고 진술할까요? 뿐만 아니라 가해자가 괴롭혔다고 순순히 인정할까요? 증인이나 녹음이 꼭 필요해요."

"제 일거수일투족까지 미행했다니까요."

"요즘 미행해서 감시하는 괴롭힘이 많은 건 저희도 알고 있어요. 근데요. 막상 고소 고발하면 가해자는 대부분 우연히 봤다. 다른 직원들이 보고들은 걸 정리해서 말해준 것뿐이라고 진술하거든요. 그럼 저희가 확인할 방법이 없어요. 그렇게 됐을 땐 증거불충분으로 혐의없음 떨어집니다."

오상진은 억울함을 감추지 못했다. 상담사가 물었다.

"회사에 노조 없죠?"

"네."

"노조 없는 회사가 직장 내 괴롭힘이 심해요. 그리고 지켜보셔서 아시겠지만 임금체불로 많이들 오시거든요. 근데 노조 있는 회사는 임금체불도 없어요."

오상진의 인식 속 노조는 거리에 나가 깃발을 흔들고 과격한 행동을 하는 무리였다. 뉴스 속에서 비춰지는 노조는 언제나 폭행과 연루되어 있었다. 그는 노조가 없어야 회사는 성장한다고 믿어왔다. 툭하면 파업하고 연봉이나 올려달라고 생떼를 쓰는 집단이라는 인식이 뿌리 깊게 박혀 있었다. 노조가 있는 회사 이미지도 좋아 보이지 않았다. 골칫덩이 문제아를 키우고 있는 부모 같은 이미지였다. 그런데 노조가 있는 회사에서 직장 내 괴롭힘이나 임금체불이 없다니. 상담사의 말이 충격적이었다. 충격요법은 그에게 새로운 정보를 만들어냈다. 대한민국 100대 기업이라 불리는 굵직한 기업들은 노조가 존재했다. 노조가 없는 회사는 중소기업이거나 상장하지 못한 회사가 많았다. 노조가 없던 시절 기업의 성장 속도보다 노조가 생기고 난 이후 기업의 성장 속도가 더 빨랐다. IMF를 기준으로 삼으면 간단했다. 김대중 대통령 시절 노조는 인정받을 수 있었다. 그전에는 노조 활동에 제약이 많았는데 제약이 있던 시절 IMF가 찾아왔고 노조를 허용한 이후 IMF를 극복할 수 있었다.

회사의 이익을 분배 받는 노동자 입장에선 기업의 성장과 삶의 가치는 비례했다. 반면 정해진 월급만 받는 노동자에게 기업의 성장은 아무런 의미가 없었다. 노조가 기업 성장의 동력이 된 것이다.

상담사는 오상진에게 친절한 설명을 덧붙였다.
"사람들은 노조가 맨날 데모만 한다고 싫어하는데요. 사실 이런 경우 노조가 나서서 행동하는 게 우리가 나서는 것보다 훨씬 수월해요. 노조가 회사 망하게 한다고 하는데 맞아요. 노조가 회사 망하게 할 수 있어요. 그러니까 회사는 노동조합을 대우해주고 무시하지 않는 거예요."
상담사의 잔소리는 오상진에게 현실적인 도움을 주지 못했다.
"근데 지금 그런 이야기가 무슨 도움이 되죠? 이런 말 듣는다고 노조 없는 회사에 당장 노조가 만들어지는 것도 아니잖아요."
상담사가 종이 한 장을 내밀었다.
"받으세요."
상담사가 건넨 종이에는 노조 설립 절차가 쓰여 있었다.
"이것도 받으시고요."
상담사는 민노총을 홍보하는 작은 팸플릿도 건넸다.
"민노총 먼저 가보시는 게 좋을 것 같은데요."
오상진의 눈빛은 실망으로 가득 찼다. 그가 다짜고짜 퉁명스럽게 질문했다.
"민노총이 이기는 거 봤어요?"
상담사가 "네?"라고 물었다.
오상진이 몇 개월 전 있었던 일화를 꺼냈다.

"우리 집 앞에 대형마트가 있거든요? 거기 직원들이 민노총이랑 손잡고 싸웠었거든요? 그때 동네 사람들이 뭐라고 한 줄 알아요? '민노총 들어왔으니 저 사람들 이제 끝났다. 민노총만 없었더라도 계속 계약직으로 근무할 수 있었을 텐데 앞으로 3개월도 못 버티고 쫓겨난다.' 근데 진짜 두 달도 못 버티고 전부 해고당했어요."

상담사는 묵묵히 오상진의 이야기를 들었다. 그가 절망으로 드리워졌던 노동자들의 투쟁 현장을 생생하게 전달했다.

"그 사람들 마트 주변에 현수막 걸어 놓고 음악도 틀고 투쟁이라고 쓴 머리띠 매고 매일 싸웠거든요? 근데 오히려 주민들이 더 신고했어요. 시끄럽다고, 불법 현수막 걸어놨다고. 결국 다 해고 됐다고요. 만약 민노총이 설치지 않았으면 어땠을까요? 어찌됐든 버티긴 했을 거고 동네 사람들에게 욕은 안 먹었겠죠."

오상진의 눈에서 눈물이 떨어졌다. 나지막하게 말하던 그가 흥분을 주체 못하고 소리를 높였다.

"그래요. 원래 회사 내부에 노조가 있었다면 기대해 볼만하겠는데요. 민노총은 우리 회사 노조가 아니잖아요. 그들이 한 번도 이기고 승리하는 걸 본 적이 없는데 뭘 찾아가요. 젠장!"

순식간에 안에 있던 사람들이 오상진에게 집중했다. 주변의 어색한 기류를 읽은 그가 재빨리 눈물을 훔치고 일어났다.

"결국 제가 할 수 있는 건 이렇게 버티는 것뿐이네요."
오상진이 도망치듯 고용노동관서를 빠져나왔다.

오상진이 불면증에 시달리며 괴로워한 지 3개월이 지나가고 있었다. 뜬눈으로 밤을 지새운 그가 피곤에 절어버린 얼굴로 출근 준비를 위해 일어났다. 아내가 출근 준비를 마치고 식탁에 앉아 있었다. 그가 억지웃음을 지었다.
"벌써 준비했어? 빨리 준비할게."
아내의 목소리가 발목을 잡았다.
"밥부터 먹어."
오상진은 정신과 약기운으로 인해 아내를 제대로 눈에 담지 못했다. 뒤늦게 아내의 목소리가 최면을 풀어줬다. 그가 식탁을 내려다봤다. 아침 치고는 과하게 차려진 음식들이 보였다. 아내가 먼저 음식을 먹고 있었다. 그의 충혈된 눈이 동그랗게 떠졌다.
"뭘 이렇게 많이 차렸어?"
"앉아."
"우리 아침 안 먹잖아."
"오늘은 먹자."
"어제도 나보다 늦어놓고는. 얘길 하지 그랬어. 그럼 내가..."
아내가 오상진의 말을 막았다.

"사직서 내러 갈 필요도 없어. 그냥 팩스로 보내버려."

오상진이 밥을 먹으려다 멈칫했다. 그의 표정은 엄마 지갑에서 몰래 돈을 빼다 들킨 아이와 같았다. 아내는 태연하게 밥을 먹으며 엄마와 같이 말했다.

"당신이 앞으로 뭘 해야 하는지 알려줄게. 간단해. 내가 회사 갔다 오면 어떤 일들이 있었는지 친절하고 자세하게 설명해 주기! 할 수 있지?"

오상진이 순응했다.

"어떻게 알았어?"

"몇 개월째 밤새 뒤척이는데 그걸 모르겠어?"

오상진이 애써 의연한 척했다.

"별일 아닌데 괜한 걱정시킨 건가?"

아내가 면박을 줬다.

"별일 아닌데 살이 그렇게 빠져? 한 오 킬로 빠졌니? 피골이 상접했다는 말 알아? 바로 당신 두고 하는 말이야."

오상진이 침묵했다. 아내가 밥그릇을 비우고 자리에서 일어났다.

"설거지해놓고 푹 자고 있어."

아내가 돌아서다 멈칫했다. 다시 돌아선 아내가 오상진을 안았다. 아내가 침착하고 다정하게 차마 고백하지 못한 그를 위로했다.

"그냥 푹 자고 일어나면 되는 거야. 그럼 훨씬 괜찮아질 거야. 올 때 맥주 사 올게."
아내가 천천히 그의 얼굴을 쓰다듬고는 미소와 함께 돌아섰다.

오상진과 아내는 저녁에 대화를 나눌 수 없었다. 오늘도 그는 오늘을 버티기 위해 오늘을 살아가야 했기 때문이다. 대신 아내와의 약속을 철저하게 지켰다. 들어가지도 않는 밥을 목으로 열심히 밀어 넣고 깨끗이 설거지를 했다. 맑은 정신을 위해 샤워를 한 뒤 그동안 있었던 일을 고해성사하듯 자세히 적어놓았다. 그리고 어김없이 회사로 출근했고 퇴근 후엔 대리운전 콜을 받기 위해 번화가를 서성였다.
적어도 40년은 함께 살 동반자와의 미래를 위해 오상진은 오늘도 낡은 구두의 신발 끈을 묶고 현관을 나섰다.
숨쉬기 힘든 회사에서 하루를 시작하고 술 냄새 가득한 차 안에서 하루를 마감한다. 그럼 또 내일을 살아갈 수 있다. 내일도 오늘과 같이 버티고 살아내면 그만이다.
그렇게 버틸 수 있을 때까지 버티는 게 그가 할 수 있는 유일한 방법이었다.
아버지가 손가락 관절염을 찜질과 진통제로 하루하루 버텨왔듯이……

이수진

 묻고 싶었다.
나보다 훨씬 많은 세월을 살아온 사람들에게 꼭 한 번은 묻고 싶었다.
"그래서 살만하신가요?"
어떤 대답도 들려오지 않을 것이다. 그럼 다시 한번 묻고 싶었다.
"그런데 왜 아직도 그렇게 살아가시나요?"
역시 어떤 대답도 들려오지 않을 것이다. 마지막으로 우리가 왜 이렇게 행동하는지 꼭 한 번은 들려주고 싶었다.
"그래서 저는 그렇게 살지 않으려고요. 할 말 다 하고 자유롭게 잘살고 싶어서요."

: : :

집에 오는 길에 맥주를 샀다. 치킨을 사 갈까 했지만 식어버린 치킨과 맥주는 궁합이 맞지 않았다.
남편이 집에 있을 거라는 기대는 하지 않았다. 대신 내 부탁에 대한 뭔가는 남겨 놓았다는 건 확신했다. 남겨놓은 것을 확인하고 난 뒤 그때 기분에 맞춰 안주를 선택하는 편이 훨씬 괜찮은 대안 같았다.
내 예상은 정확히 맞아떨어졌다. 현관에 들어서자 남편의 낡은 구두는 보이지 않았다. 한 손 가득 들려있던 맥주 더미를 내려놓기 위해 냉장고로 향했다. 무의식적으로 식탁을 내려다봤다. 역시나 남편은 내 궁금증에게 선물을 남겨놓았다. 고이 접어놓은 편지는 꽤 두꺼웠다. 또박또박 손 글씨로 정성 들여 쓴 내용을 한 자 한 자 읽어 내려갔다. 중간쯤 읽었을 무렵 눈물이 뚝뚝 흘러내렸다. 편지를 다 읽고 나도 모르게 중얼거렸다.
"괜히 친절하고 자세하게 말해 달라 했나? 팔 아팠겠다. 말은 참 잘 들어요."
후회가 밀려왔다. 남편에게 사과하고 싶었다.
"괜히 내가 이태원 가자고 했나 보다."

회사에 문제가 있다는 건 대충 알고 있었다. 남편의 얼굴은 언제나 진실했으니까. 참으로 단순하고 명쾌한 남자였다. 이런 걸 순수함이라고 하는 걸까?

결혼은 서로 사계절을 겪어봐야 한다고 한다. 하지만 우린 반년 만에 결혼식장에 들어갈 수 있었다.

물론 남편에게 결점이 없는 것은 아니었다. 그래서 완벽한 사람은 세상에 존재하지 않는다는 말이 확인되는 순간이기도 했다.

자신의 신념을 지키려는 사람. 하지만 그 신념이 윤리적으로 문제가 된다면 과감하게 내던지는 사람. 결점 없는 사람이 되진 못할지언정 기본만큼은 지키려는 사람. 약자 앞에선 누구보다 약해지고 아파하는 사람. 강자의 횡포에 절대 물러서지 않으려는 사람. 가진 거라곤 쥐뿔도 없으면서 조금이라도 이웃과 나누려는 사람.

내겐 이 정도면 충분했다. 이런 남자라면 비바람이 몰아치더라도 함께 이겨내고 의지하며 걸어갈 수 있었다.

결혼은 의외로 쉬운 결정이었고 내 인생에서 가장 현명한 선택이었다.

남편이 변해간 건 3개월 전이었다. 근심 가득한 얼굴로 들어온 그이는 다음날부터 출근길이 무척 힘들어 보였다. 그 뒤로 2주

정도 지났을까? 얼굴에 조금씩 두려움과 긴장감이 나타났다. 그이가 처음으로 보인 표정은 내가 "무슨 일이야?"라고 묻는 것을 허락하지 않았다. 그저 말해줄 때까지 기다리는 일이 배려라고 생각했다. 아마 배려한답시고 어떤 질문도 던지지 않았던 지난 3개월이 결혼 후 가장 후회했던 순간이 아닐까 싶다.

3개월 전, 분노 가득한 얼굴로 들어온 남편에게 "무슨 일이야?"라고 물었어야 했다. 그리고 당장 사직서를 던져버리라고 말했어야 했다. 남편의 편지는 나에게 참을 수 없는 후회와 미련을 만들었다.

편지를 다 읽은 나는 서재로 달려가 책상 서랍을 열었다. 정신과 약이 꽁꽁 숨겨져 있었다. 약봉지를 손에 들고 쓰레기통으로 달려갔지만 이내 이성은 나의 행동을 만류했다.

'그이가 약 없이 버틸 수 있을까?'

출렁이던 마음이 차분해졌다. 당장 남편을 품에 안고 싶었다. 회사라는 지옥으로 향해야만 했던 지난 시간을 위로하고 싶었다.

떨어지지 않는 발걸음을 위해 아침마다 몰래 약을 털어 넣었을 것이다. 그리고 수백 번도 넘게 다짐했을 것이다.

'나는 할 수 있다.'

그 다짐이 혼자만을 위한 것이 아니라는 걸 잘 알고 있다. 너무 잘 알고 있기에 나는 3개월 전 남편에게 말했어야 했다.

'표정이 왜 그래? 무슨 일이야?'
평상시 잘도 하던 물음이 왜 그리 어려웠던 걸까?

남편에게 전화하기 위해 휴대폰을 찾았다. 때마침 진동이 울려 쉽게 찾을 수 있었다. 기대와는 달리 발신자는 남편이 아니었다. 나는 차분한 목소리로 전화를 받았다.
"네. 아버님."
시아버지가 나에게 전화를 해오신 적은 지금까지 세 번뿐이었다. 불편함보다는 '무슨 일이지?'라는 궁금증이 앞섰다. 남편에 대한 안쓰러움을 잠시 뒤로 미루고 전화를 받았다.
"혹시 녀석 집에 있냐? 전화를 안 받아서 이리로 전화했다."
아버님의 목소리는 불편한 기색이 역력했다. 나는 최대한 어색함을 없애기 위해 노력했다.
"아직 안 들어왔어요."
"아이고!"
아버님이 불편함을 거두고 염려 가득한 한숨을 전했다.
"무슨 일이세요?"
"TV 안 봤냐?"
"네."
"아이고!"
다시 한번 아버님이 깊은 한숨을 뱉었다. 나는 불안한 마음에

TV를 틀었다. 뉴스가 나오고 있었는데 포고문이라는 생소한 문서가 화면에 비쳤다. 아나운서는 포고문 내용을 또박또박 읽어 내려갔다. 아버님은 내가 TV를 보고 있는 것을 아는지 가만히 기다리고 있었다.
"아버님. 이게 뭐예요?"
TV에서 말하는 내용이 뭔지 혼란스러웠다. 정확하게는, 내용은 알아듣겠는데 설득되지 않았다.
"계엄령이 떨어졌네. 큰일이네. 함부로 돌아다니면 안 되는데."
"계엄령이요? 가짜뉴스 아니고요?"
"대통령이 직접 발표했는데 가짜일 리가 있나. 빨리 녀석한테 연락해서 집에 있으라고 해야 하는데."
"대체 무슨…"
말을 이을 수 없었다. 아버님은 다급하게 말했다.
"빨리 녀석부터 찾아야 해. 계엄령 떨어지면 다 죽인다. 그게 바로 계엄이야."
포고령을 다 읽은 아나운서는 국회로 나간 기자를 불렀다. 국회 앞에 있던 기자가 마이크를 넘겨받았다. 일상과도 같은 뉴스 보도 방식에 살짝 안도감이 찾아왔다.
"지금이 어떤 시댄데 그러겠어요. 기자들도 다 국회 앞에 있는데요."

아버님은 달랐다. 날 선 감정을 서슴없이 드러냈다.
"얌전히 있어야 해. 다 잡아가서 때려죽이고 총으로 쏴 죽이는 게 계엄이라고."
기자는 비상계엄에 대해 설명하고 있었다. 나는 교과서에서 몇 줄 배운 게 전부인지라 기자를 통해 자세한 지식을 쌓을 수 있었다. 기자의 말을 듣고 있자니 더더욱 믿기지 않았다.
"지금 저렇게 하는 게 맞아요?"
"빨갱이들이 오죽 많으면 저렇게 하겠어? 별수 있나. 빨갱이 잡으려면 계엄 해야지."
아버님의 말씀은 당혹감을 반발로 바꿨다.
"아버님. 빨갱이가 어딨어요? 지금 이게 말이 된다고 생각하세요?"
"대통령이 좀 전에 말했어. 반국가 세력들이 대한민국을 장악해서 계엄령 선포한다고."
"그러니까 반국가 세력이 국회에 왜 있냐고요. 아버님, 저런 말 믿으시면 안 돼요."
구시대적인 아버님의 사고방식을 받아들일 수 없었다. 나는 아버님을 다단계에 빠진 사람처럼 대하며 충고했다. 반대로 아버님은 나를 그리 생각하는 것 같았다.
"간첩이 간첩이라고 말하겠나. 간첩들 밝혀내려고 계엄 한 거지. 괜한 오해받아서 좋을 거 없어. 빨리 녀석한테 들어와서 얌전히 있으라고 해야…"

내가 아버님의 말을 과감하게 잘라냈다.

"오해받을 게 뭐가 있어요?"

"아가. 괜히 돌아다녔다가 간첩으로 오해받아서…"

아버님은 최대한 감정을 담지 않으려 노력했다. 그에 반해 내 감정은 격해지고 있었다. 오해가 있다고 사람을 총으로 쏴 죽이는 게 정상이던가? 돌아보니 남편이 당한 방법과 똑같았다. 기업은 이태원 참사를 추모했다고 정치적인 활동으로 몰아갔다. 표현의 자유를 보장한 헌법을 일방적으로 무시한 채 권고사직을 권했다. 이런 방식을 아버님은 받아들여야 한다고 말하고 있었다. 괜한 오해받을 짓 하지 말라고 당부하고 있었다. 정부에 대한 무조건적인 순종 요구가 나를 감정의 소용돌이로 몰아넣었다.

"아버님. 간첩으로 오해받아서 끌려가는 게 맞다고 보세요? 증거도 없이?"

"그게 계엄이라니까."

"어떤 법이 그런데요?"

"계엄에는 법이 없는 거야. 군대가 다 때려잡을 수 있는 거라니까."

아버님은 이해하지 못하는 나를 설득하려 했다. 갑자기 뜨거운 응어리가 솟구쳐 올라왔다. 아버님은 남편에게 닥친 모순되고 불합리한 일을 알게 되더라도 우리를 탓할 것이 뻔했다.
'그러게 이태원 같은 곳을 왜 가서 이 사달을 만들어?'
울화가 치밀어 올랐다. 당신께서 가장 사랑하는 자식이 권력에 의해 벼랑 끝에 내몰려도 정부를 따라야 한다는 신념을 지킬 분이었다.
"아버님. 저렇게 되면요. 우리 어찌 되는지 아세요? 아버님이 자랑하던 아들. 회사에서 쫓겨난다고요."
일말의 기대를 안고 내리사랑을 말했다.
"그래도 일단 나라가 살아야…"
아버님의 신념은 부정마저 초월하고 있었다. 나도 모르게 반항적인 물음이 나왔다.
"아버님이 지지했던 사람들이 아버님에게 뭘 해줬는데요?"
아버님은 아무 말도 하지 않았다. 남편에 대한 안쓰러움과 서러움이 봇물 터지듯 터졌다. 최후의 방어선이었던 예의라는 장애물은 반항이란 불도저가 거침없이 밀어버렸다.
문득 아버님이 항상 하시던 이야기들이 떠올랐다. 난 확답을 위해 물었다.
"아버님 하루에 16시간씩 일하셨다고 하셨죠?"
아버님은 아무 말씀이 없었다. 아마도 강한 어조의 물음이 불쾌했거나 낯설었을 것이다. 내게 타인의 기분을 배려할 여유는 없었다. 나는 아버님을 몰아세웠다. 남편에게 가혹한 정부의 부당함을 인정하게 만들고 싶었다.

"아버님 일하시다가 무릎 다치셔서 3주 동안 쉬셨을 때 회사에서 무임금 처리했다고 하셨죠? 산재 처리도 안 해줬고요. 그래서 수십 년이 지난 지금도 병원 다니시잖아요."

아버님은 아무 말씀이 없었다.

"밤낮없이 일하시고 휴일에도 쉬지 못하셨다고 하셨죠? 그래서 상진 씨와 추억하나 만들지 못한 게 한이라고 하셨죠?"

아버님은 아무 말씀이 없었다. 갑자기 아버님의 당황하시는 얼굴이 떠올라 죄송함이 밀려왔다. 하지만 남편이 겪은 억울함의 힘이 훨씬 강했다.

"아버님이 다니셨던 회사 지금 어떻게 됐어요? 지역 조그마한 구멍가게로 시작해서 지역에서 가장 큰 기업 됐다고 자랑스러워하셨죠? 네. 맞아요. 그놈들만 돈 벌었어요. 아버님 같은 분들 뼈 빠지게 부려 먹고 그놈들만 잘 먹고 잘살게 됐다고요."

아버님은 아무 말씀이 없었다. 나는 말을 쏟아내다 어느 순간 깨달았다. 아버님의 과거는 우리가 겪은 일과 별반 다르지 않음을.

우린 그저 불쌍한 죽음을 위로했을 뿐인데 부당한 처우를 당했다.

아버님도 마찬가지였다. 지금까지 사고로 인해 병원을 다녀야 하는 부당함을 감내하며 살아오셨다.

남편이 부당함에 발악해 봤자 정신과 약을 복용하며 병들어 갈 뿐이다. 어쩌면 아버님은 경험을 통해 알았던 건 아닐까? 그래서 우리에게 순종을 강요하는 건 아닐까? 저항하면 더 힘든 현실을 맞닥뜨리게 되기에 사랑하는 자식을 위해 그리 말씀하시는 것은 아니었을까?
마음이 고요해졌다. 남편과 같이 아버님을 위로하고 싶었다. 두 남자는 시대가 변해도 닮아있는 삶을 살아가고 있었다.
"아버님. 얼마나 열심히 사셨는지 알아요. 그리고 세상에 아버님 같이 좋으신 분도 없다는 것도요. 며느리 불편할까 봐 저희 집에서 잠 한 번 안 주무시고 내려가시잖아요."
그랬다. 누구보다 열심히 사셨던 분이다. 가족을 위해서라면 내 몸이 부서져도 상관없다고 여기시던 분이다. 그토록 희생하는 삶을 사셨음에도 대접을 바라지 않으셨다. 당신의 고생으로 나머지 가족들이 두 발 뻗고 살 수 있으면 그게 행복이라고 말하시는 분이다.
이런 가장들의 피땀으로 성장한 대한민국이었다.
권력자들은 애국이라는 충성심을 이용, 평생 노동에 찌든 삶을 가스라이팅 했다. 노동자들이 조금의 의심이라도 가질 때면 어김없이 종북과 간첩이라는 카드로 폭력을 가했다. 어느덧 가장들은 권력자가 헌법과 국가라고 받아들이며 살아갔다. 그래야만 했다. 그래야 살아남았고 살아남으려면 받아들여야 했던 것이다. 힘없는 노동자에게 선택의 권리는 주어지지 않았다. 무조건적인 순응만이 유일한 선택이었다.

내 말에도 아버님은 지난 삶을 돌아보길 거부했다.

"녀석한테 전화 한번 해봐라. 그리고 빨리 집에 들어가라고 전해줘라. 걱정되니 전화 한 통 넣으라고 하고."

나는 참지 못하고 물었다.

"왜 지지하시는 거예요? 그런 놈들. 대체 왜? 우리 걸 빼앗고 지들 배만 채우려는데요?"

아버님은 한 치의 망설임도 없이 말했다.

"그게 나라를 위한 일이니까. 나라가 있어야 우리가 있는 거 아니냐."

나도 모르게 통한의 눈물을 흘리며 아버님의 말씀을 받아들였다. 아버님이 고집을 꺾지 않는 이유를 알 수 있었다. 아버님이 내 말을 인정한다면 아버님이 살아온 지난 인생은 의미를 잃게 된다. 때문에 우리가 말하는 모든 걸 이해할 수도 받아들일 수도 없는 것이다.

'나의 잘못된 지지와 사상이 가족들을 힘들게 하진 않았을까?'라는 물음이 머릿속을 채우게 된다면? 유일한 행복이 가족의 행복이었던 남자다. 그 행복을 위해 일생을 바친 남자는 과연 잘못된 선택의 무게를 감당할 수 있을까?

아마도 아버님은 후회와 미련이 만든, 당신이 지키려 했던 것들에 대한 죄의식을 거부하고 싶었을 것이다. 그래서 더욱 맹렬하고 열렬히 그들을 지지했을 것이다.

또한 아버님께서 살아온 흔적이 곧 그들이기도 했다. '그들의 건재함은 곧 나의 건재함이다.' '그들의 권력과 기업의 부는 나의 피와 땀이 만들어준 결과물이다.'라는 자부심이 있기에 그들이 쓰러지면 안 되는 것이다. 그들이 무너지면 당신도 무너진다. 그들이 정상에 있어야 비만 오면 쑤셔오는 무릎도, 어린 자식과 만들어본 적 없는 추억에 대한 후회도 위안받을 수 있다.

나는 아버님과의 언쟁을 포기했다. 하늘이 무너진다 해도 절대 바뀔 수 없는 진리가 있다. 그게 바로 아버님에게는 그들이다. 당신의 고혈을 빨아먹은 이들이 정의여야만 복종과 희생으로 살아온 지난날에 대한 보람이라도 얻을 수 있을 테니까.

입씨름 대신 아버님께서 살아오신 삶이 얼마나 귀하고 가치 있는지를 설명하려 했다. 하지만 애석하게도 위로의 시간은 허락되지 않았다.

남편의 전화가 걸려 왔다.

"아버님. 상진 씨 전화 왔어요."

아버님은 서러움을 토해내던 날 탓하지 않았다.

"꼭 일찍 들어오라고 해라. 아니면 큰일 난다."

아버님의 근심 가득한 목소리는 반발을 허용하지 않았다. 나는 고분고분 아버님의 말씀을 따랐다.
"네. 바로 들어오라고 할게요. 꼭 전화드리라고 전하겠습니다."
"그래."
내가 남편의 전화를 받으려는데 마지막으로 아버님이 신신당부했다.
"다 나라를 위해 그런 거니까. 너무 나라 탓하지 말아라. 대통령도 오죽하면 그랬겠어? 포고령만 잘 지키고 조심하면 아무 문제 없으니 종북 세력 척결될 때까지만 참아보자."
아버님은 끝까지 당신 자식을 위협하는 자들을 옹호했다.

남편에 대한 걱정과 안쓰러움, 연민의 감정은 아버님과의 통화로 변질됐다. 권력자에 대한 원망에게 자리를 빼앗긴 것이다. 원망은 몸놀림을 빠르게 만들었다. 무언가에 홀린 것처럼 퇴근길에 벗어놓은 점퍼를 입었다. 정신없이 현관으로 달려가 신발을 신으며 그이의 전화를 받았다.
"여보. 집에 빨리 들어와 있어. 내일부터 회사 나가지 말고. 나 지금 나가봐야 하니까."
"나도 늦어."
내가 현관문을 열려다가 소리쳤다.
"대리하지 말라고! 회사도 나가지 말고, 제발 잠 좀 자라고! 그냥 좀 푹 쉬라고!"
극한 화는 눈물을 만들어 냈다. 고래고래 소리치는 나와는 다르게 남편이 다정하게 말했다.
"나 국회 가는 길이거든. 억울해서 안 될 거 같아. 미안."
나도 모르게 웃음이 터졌다. 눈물은 그대로인데 미소를 머금은 입은 왜 우리가 부부인지 증명하고 있었다.
내가 현관문에 기댄 채 말했다.
"내가 못 산다. 증말."
"오늘 집이 아닌 국회에서 만나겠네?"
나는 다시 집으로 들어와 옷 방으로 향했다. 남편의 목도리와 장갑을 챙겼다.
"조금만 기다려. 금방 갈게."
남편의 목소리가 나의 발목을 붙잡았다.
"자기야."
"응?"
"약 필요 없을 것 같아. 이젠."
"어?"
"정신과 약 먹어보니까 머리도 멍하고 안 좋은 거 같아. 오늘 끊을 수 있을 것 같아."
내 시선은 식탁 위에 놓인 약 봉투에 고정됐다. 남편이 계속 말을 이었다.

"국회 지키면, 오늘 내란만 막아내면 세상이 바뀔 수 있을 것 같아."
"정말 그럴 수 있을까?"
나는 남편에게 확답을 원했다. 그이는 역사를 참 좋아했다. 데이트를 할 때면 항상 근처 장소에 얽힌 역사를 설명해 줬다. 옛날이야기처럼 술술 풀어내는 게 재밌기도 했지만 서로가 바라보는 과거와 미래의 관점이 일치하는 대화가 즐거웠다.
내 말에 남편은 확신을 안겼다.
"응. 새 시대가 올 거야. 그럼 회사도 그만두지 않아도 돼. 기대해도 좋아."
"당신이 말하는 새 시대가 오더라도 회사는 그만 둬. 그리고 우리가 하고 싶은 걸 해보자. 진짜 원하는 걸 함께 해보자."
"우리가 그 정도로 여유 있진 않잖아."
"새 시대가 온다며? 기대해도 좋다며?"
"적어도 지금보다 훨씬 괜찮은 세상이긴 하겠지."
"그럼 됐어. 자기랑 내 퇴직금 합치면 큰 걸 바라지 않는 이상 원하는 거 할 수 있어."
"집은? 아이는?"
나는 남편에게 진심을 전했다.
"나는 국회로 가는 당신을 믿어."
남편이 나에게 진심을 전했다.

"나도 국회로 오는 자기를 믿어."

우리는 서로에게 진심을 전했다.

-우리, 우리의 미래를 믿자. 오늘 우리가 국회에 가서 살고 싶은 미래를 직접 만들어보자!

엘리베이터를 탔다. 우린 계속 통화를 이어갔다.

내가 말했다.

"삶을 살아가는 게 아닌, 삶을 버티게 만든 이 시대가 잘못된 거야. 당신 잘못이 아니야. 당신이 못난 거 아니야. 알겠지?"

남편이 말했다.

"나도 알아."

내가 말했다.

"알면서 왜 그렇게 버텼어?"

남편이 말했다.

"그냥. 비겁해 보일 것 같아서. 내가 비틀거리고 있다는 걸 사람들에게 들킬까 봐."

내가 말했다.

"못난이들이 능력도 없는데 자리 차고앉아 있어서 그런 것뿐이야. 그래서 소중하고 빛나는 당신이 비틀거렸을 뿐이야. 창피할 것 없어."

남편이 말했다.

"고맙다. 우리 여보."
내가 말했다.
"고맙다. 우리 여보."
남편이 말했다.
"뭐가 고마워?"
내가 말했다.
"위태롭게 버티는 삶이 아니라, 살아가는 삶을 되찾기 위해 가고 있잖아."
남편이 말했다.
"대단한 일도 아닌데 뭘. 발악일 테지 아마도."
내가 말했다.
"가서 안아줄게. 따뜻하게."
남편이 말했다.
"도저히 말이야. 그딴 자식들한테 지배받을 수 없겠더라고. 회사에서도. 지금 이 상황에서도 나는 말이야. 이런 최악의 인간들에게 지배받을 자신이 없어. 그래서 발악했고 지금도 굳이 가서 발악할 거야."
내가 남편에게 처음 사랑을 고백했던 날보다 더한 사랑으로 고백했다.
"당신이 있기 때문에 오늘 세상은 변할 거야. 고마워. 내 사랑."

평소에는 타지 않는 택시를 탔다. 내가 국회로 가달라고 말하자 기사님이 출발을 머뭇거렸다.

"거기 군인들 올 텐데."

기사님을 보니 60이 훌쩍 넘은 나이였다. 한시가 급한 나는 사정의 소리를 냈다.

"남편이 기다리고 있어요."

기사님의 눈이 놀란 토끼 눈을 하고 물었다.

"남편이 왜요?"

"막아야죠. 계엄이요."

기사님이 잠시 생각을 하는듯하더니 차를 출발시켰다. 내 표정이 어두웠는지 친절하게 이야기를 들려줬다.

"라디오로 듣는데요. 덜컥 겁이 나더라고요. 그래서 집에 들어가는 길이었거든요? 근데 손님이 목도리랑 장갑을 들고 내 차를 잡더라고요. 바깥사람 데리러 가나보다 해서 마지막 손님이라고 생각하고 태웠는데 잘 태웠네요. 요금 안 받을 테니 다치지 말아요. 알겠죠?"

"감사합니다."

호탕한 웃음소리가 전해졌다.

"감사는 무슨, 내가 스물몇 살 때 계엄군을 봤었어요. 그게 아직도 안 잊혀요. 사람들이 총에 맞고 최루탄 맞고 피 흘리는 걸 너무 많이 봐서 그냥 못 본 척 살아야 했어요. 그때 누군가 나타나서 세상을 바꿔주길 얼마나 바랐는지 몰라요."
과거를 회상하는 기사님의 표정이 사뭇 진지했다. 집에서 나오기 전 아버님과의 통화가 떠올랐다.
"우리 시아버님과 연배가 비슷하신 거 같은데 많이 다르시네요."
기사님이 지긋한 나이에 어울리는 웃음을 보였다.
"아버님께서 간첩이나 종북 이야기하셨구나. 사실 나도 그랬어요. 나도 몇 년 전까지는 종북이며 빨갱이며 입에 달고 살았거든요."
나도 모르게 눈을 동그랗게 뜨고 운전석을 바라봤다. 선생님과 같은 조용한 말투에서 종북과 빨갱이 소리가 나왔다는 게 믿기지 않았다. 기사님은 옅은 미소를 보였다.
"나도 택시 몰면서 젊은 사람들하고 얼마나 싸웠는데요. 근데 운전을 하다 보면 라디오를 많이 듣게 되거든요. 어느 순간 시대가 바뀌고 정권이 바뀌니까 라디오에서 간첩, 빨갱이 소리가 쏙 들어가더라고요. 간첩 신고 광고노 사라지고요. 그리고 어느 날 헌법 1조를 라디오에서 듣게 됐는데요. 나한테는 충격이었어요."
기사님의 음성은 세월의 배신을 억울해했다. 인자한 미소가 사라졌다. 침울한 표정으로 멍하니 운전하며 말했다.
"'대한민국의 주권은 국민에게 있고 모든 권력은 국민으로부터 나온다.'라고 쓰여 있다는 걸 알게 됐어요. 그 순간 손님 태울 생각도 나지 않더라고요. 길바닥에 차 세워두고 멍하니 한참을 있었어요. 그때 대통령이 대한민국이고 권력자라고 말했던 인간들이 떠오르더라고요. 얼마나 억울하고 한이 맺히는지, 창피한지도 모르고 펑펑 울었다니까요."

기사님의 이야기에 걱정이 앞섰다.

"그때처럼 총 쏘고 난리 치진 않겠죠?"

"그게 좀 걱정되네요. 우리 땐 사정없었어요. 다가오기만 해도 쏘고 후려쳤으니까요."

은근 살이 떨려왔다. 기사님의 눈에도 두려움이 역력했다.

"만약 군인들이 총 들고 있으면 도망가요. 무조건 도망가요. 절대 맞서면 안 돼요. 알겠죠?"

여의도에 거의 다다랐을 때였다. 택시 안까지 헬기 소리가 들려왔다. 나와 기사님은 누가 먼저랄 것도 없이 하늘을 바라봤다. 여러 대의 헬기가 국회의사당 쪽으로 향하고 있었다.

기사님이 다급히 말했다.

"남편분 전화해 봐요. 빨리."

급하게 전화를 걸었지만 남편의 목소리는 들려오지 않았다.

"안 받아요. 어떡하죠?"

기사님의 얼굴이 차갑게 굳었다.

"내가 더 빨리 가볼게요. 계속 전화 걸어봐요."

택시가 속도를 올렸다. 전화를 걸고 있는 내게 기사님이 떨리는 목소리로 말했다.
"남편분 전화 받으면 국회의사당역 1번 출구로 오라고 해요. 군인들 있어도 내가 거기까진 한 번 가볼게요. 절대 군인들한테 다가가면 안 된다고 해요."
모든 상황이 절망으로 급변했다. 새로운 시대보단 총과 몽둥이가 지배하던 역사가 되풀이될 것 같았다.

저 멀리 국회의사당이 보였다. 도착지에 거의 다다른 택시는 제 속도를 내지 못했다. 국회 주변은 사람들로 붐비고 있었다. 기사님과 나는 주위를 둘러보며 조금 전까지 불안했던 마음을 진정시킬 수 있었다.
도로에는 차보다 사람이 많았다. 어느 사람은 캠핑에 쓰는 침낭을 매고 걸어갔다. 어느 젊은 연인은 두 손을 꼭 잡고 국회로 향했다. 어느 어르신은 할머니를 부축하며 아주 천천히 걷고 있었다. 어느 누군가는 회사에서 야근을 하다 달려왔는지 정장 차림으로 뛰고 있었다. 높은 굽의 구두도 아랑곳하지 않고 국회 쪽으로 전력 질주하고 있었다.
기사님이 차를 멈췄다.
"더는 못 들어갈 것 같죠? 사람들이 너무 많아서."
나는 대답 대신 다른 말을 꺼냈다.

"기사님. 안 기다리셔도 될 것 같아요."

기사님이 주변을 둘러보며 흐뭇한 웃음을 보였다.

"근데 어쩌죠? 손님 내리시면 저도 근처에 주차하고 국회로 갈 건데요."

"네?"

내가 기사님을 바라봤다. 기사님의 눈이 반짝였다.

기사님이 두려움을 안고 국회로 달려왔던 시간을 돌아보며 질문을 던졌다.

"어쩌면요. 내가 잘못 생각했던 것 같아서요. 내가 살아온 과거의 처절한 역사는 되풀이되지 않을 것 같다는 생각이 들어요. 그쵸?"

걷고 있는 사람들 손이 기사님의 눈처럼 반짝였다. 플래시가 켜진 핸드폰도 보였고 영상을 찍고 있는 핸드폰도 있었다.

나는 택시 문을 열며 기사님의 질문에 답했다.

"매년 기념일만 되면 지난 역사를 얘기하잖아요. 가끔 반복되는 역사 이야기가 지겹기도 했는데요. 옳았던 것 같아요. 지금을 막지 않으면 벌어질 일을 우린 이미 배웠으니까. 그리고 군인들도 우리와 같이 배웠잖아요. 우리와 별반 다르지 않잖아요."

기사님이 내 말에 깊이 공감했다.

"맞아요. 누구도 두려움 속에 걷지 않아요. 높은 곳의 양반들

빼곤 우리가 같다는 걸 아니까."
나는 기사님께 마지막 인사를 건넸다.
"저는요. 저와 같은 우리를 믿을래요. 감사합니다."
기사님은 이별의 인사가 아닌 약속을 말했다.
"먼저 가 계세요. 금방 따라갈게요."

박재형

 오늘 나는 계엄군이 되었다.
역사는 나를 어떻게 기억할까?

12월 1일 - 707부대.

군내의 분위기가 평상시와는 달랐다. 중사 박재형은 냉랭한 분위기가 적응되지 않았다. 고되고 위험한 훈련보다 더한 긴장이 부대 안에 흐르고 있었다. 안의 공기는 무겁다 못해 숨이 막힐 지경이었다.
장군이 어떤 연락도 없이 부대를 방문했다. 장병들은 난리가 났다. 여느 때라면 장군의 방문은 국가적인 행사에 버금가는 중대한 일이었다. 장군의 부대 방문 일정이 통보되면 장병들은 한 달 전부터 군부대를 쓸고 닦는데 집중한다. 그 기간 동안에는 훈련도 없다. 전투를 위한 군인에게 청소가 훈련보다 중요한 이유를 상관은 설명하지 않았다. 그저 이렇게 하는 것이 국가와 국민에 대한 충성이자 관례라고 받아들였다.

박재형과 부대원들은 이런 경우를 처음 겪었다. 상관들도 마찬가지였다. 하나같이 부대가 생긴 이래 장군이 통보 없이 방문한 경우는 처음일거라며 입을 모았다.

부대 안의 장병들은 초긴장 상태를 유지하고 있었다. 다행히도 장군은 오래 머무르지 않았다. 그러나 장군이 떠난 후에도 장병들은 쉽사리 긴장을 풀지 못했다. 장군이 온 목적을 몰랐기 때문이다. 장군이 떠나자마자 원사급 대원들은 커다란 바구니를 들고 내무반으로 왔다.

"긴급 작전에 들어간다. 각자 소지한 휴대전화를 모두 반납하길 바란다. 이건 실제상황이다."

대원들의 얼굴이 굳어졌다. 복잡한 머리와 달리 행동은 아주 빨랐다. 순식간에 바구니 안은 휴대폰으로 가득했다. 원사는 어떤 작전인지 고지하지 않은 채 바구니를 들고 내무반을 빠져나갔다.

대원들은 가장 계급이 높은 박재형을 바라봤다. 그는 재빨리 원사를 쫓아갔다.

"저 원사님!"

박재형이 부르자 원사가 걸음을 멈췄다. 그가 조심스럽게 물었다.

"작전 내용을 알 수 있습니까?"

"아직 하달받은 바 없다. 추후 전달할 것이니 대기하고 있도록."

원사는 형식적인 답변만을 전달하고 서둘러 걸음을 옮겼다.

12월 2일

외출 금지를 당한 지 24시간이 흘렀다. 지금까지 어떤 지시도 내려오지 않았다. 내무반 분위기는 어수선했다. 모두가 뜬눈으로 밤을 지새워서 그런지 날카로워져 있었다. 어떤 작전일지 토론하는 과정에서 작은 언쟁이 서로를 비난하는 지경까지 번지기도 했다. 대부분 20대 초중반인 대원들의 불안은 어찌 보면 당연했다.

그때마다 박재형이 적절하게 만류했다. 다행히도 그가 나서면 대원들은 아무런 저항 없이 다툼을 멈췄다. 성격 자체가 온화하고 정감 있는 그를 후임들은 잘 따르며 좋아했다. 궂은일도 마다하지 않고 솔선수범하는 그에게 불만을 품을 사람은 아무도 없었다. 장교들 역시 그에게 많은 것을 의지했다. 그는 사람들과 쉽게 친해지고 리더적인 면모가 돋보이는 천생 군인이었다.

그런 박재형도 오늘만큼은 녹록지 않았다. 내무반은 그가 복무한 이래 최악의 초상집 분위기였다. 복무한 지 갓 반년을 넘어가는 후임이 초조한 눈으로 물었다.

"중사님. 우리 특전사 임무는 대테러 진압 아닙니까? 현재 밖에서 전쟁에 준하는 일이 발생했으니 이런 사달이 난 것 같은데요. 그렇다면 전면전일까요? 아니면 국지전? 적은 누구죠?"

극도의 공포 분위기가 조성됐다. 다른 후임이 날카롭게 쏘아붙였다.

"이 자식아! 왜 분위기 흐리고 난리야? 중사님도 우리랑 같이 있었는데 어떻게 아냐고!"

다시 험악해지는 기류가 흐르자 재빨리 박재형이 나섰다.

"일단 우리 모두 자중하자. 내가 볼 땐 긴박한 상황은 아닌 것 같다. 벌써 24시간이 지났는데 대기 중인 것만 봐도 큰 사건은 아닐 테니 긴장하지 말고 눈이라도 붙여. 아무리 임무가 가볍다고 해도 작전은 작전이야. 몸이 피곤하고 날 서 있으면 쉬운 작전이라고 해도 부상당하기 마련이다."

박재형이 불안에 떨던 후임을 다독였다. 그가 부드러운 미소와 함께 말했다.

"나라에서 우리한테 시키는 작전은 전부 국가와 국민을 위한

12월 3일 - 내란의 밤.

2024년 12월 3일. 저녁 10시 23분 - 대국민 긴급 담화 발표.

대통령이 긴급 담화를 발표했다. 대통령의 음성은 707부대 안 스피커를 통해 사방으로 울려 퍼졌다. 박재형과 대원들은 작전이 코앞이라는 걸 알 수 있었다. 약속이라도 한 듯 서로를 바라보며 근심과 걱정을 담아냈다. 결의에 찬 누군가는 찾아볼 수 없었다.
국가와 민족을 위해 전투만을 준비해 온 이들이었다. 강인한 육체와 정신 단련을 위해 훈련을 밥 먹듯이 하는 최상위 병사였다. 대한민국 최강 특수부대라고 자부하는 대원들이었다. 그런 명성과 자부심을 가진 군인이라 보기엔 사기가 많이 저하되어 있었다. 실제상황이라는 긴장감이나 두려움 때문이 아니었다. 그보다 더 큰 문제가 부대 안을 장악하고 있었다.
'혼란!'
이윽고 막내 대원의 용기 있는 말이 장병들의 속마음을 대표했다.
"중사님. 지금 군 통수권자가 하는 말이 맞다고 보십니까?"
약속이라도 한 듯 전 대원이 박재형을 바라봤다. 그도 이해할 수 없었다. 대통령은 야당을 반국가 세력이라고 칭하고 있었다. 자유민주주의 체제가 붕괴되고 있다고 말하고 있었다.
박재형은 대원들의 기대를 저버리고 말았다. 본인도 이해되지 않는 상황을 어떻게 설명해야 할지 까마득했다.

2024년 12월 3일. 저녁 10시 27분 - 대통령 비상계엄 선포.

박재형과 대원들의 혼란은 더욱 심화됐다. 대통령은 "북한 공산 세력의 위협으로부터 자유 대한민국을 수호하고 우리 국민의 자유와 행복을 약탈하고 있는 파렴치한 세력들을 일거에 척결하고 자유 헌정 질서를 지키기 위해 비상계엄을 선포합니다."라며 비상계엄을 선포했다.
대원들이 웅성거렸다. 박재형이 가만히 앉아 있을 수 없어 지휘관 실을 찾아가려 했다. 그가 뛰쳐나가기 위해 문 앞에 서자 문이 열렸다. 완전 군장을 한 단장이 직접 내무반을 찾은 것이다. 단장을 본 대원들은 '정말 작전 나가라는 건가?'라는 물음을 품었다. 어느 누구도 단장에게 예의를 차리지 않았다. 단장은 사기가 꺾이고 느슨해져 있는 대원들에게 소리쳤다.
"작전이다! 당장 완전무장하고 뛰어나와!"
단장의 말이 떨어지기 무섭게 다른 내무반에서 대기하고 있던 대원들이 총기를 지급했다.

박재형이 단장에게 믿기지 않는 상황에 대해 물었다.
"정말 작전 나갑니까?"
단장이 사납게 말을 받았다.
"지금 내가 장난하는 걸로 보여! 당장 완전 무장해!"
"작전 내용은 뭡니까?"
단장은 살기를 담아 박재형과 대원들에게 명령했다.
"종북 세력이 침입했다! 우리 707부대는 명예롭게도 이번 작전을 수행하게 됐다! 지금 바로 무장하고 작전에 투입한다!"
박재형이 단장의 살기 어린 음성을 뚫고 물었다.
"작전 내용도 없이 어떻게 침입한 적과 상대합니까? 작전을 설명해 주십시오."
단장이 박재형의 멱살을 잡으며 매섭게 노려봤다.
"당장 준비하라면 준비해! 항명할 시 군법으로 다스리겠다."
박재형은 주눅 들지 않았다. 조금 전보다 더 확고하게 말했다.
"비상 작전이라면 이틀 전에 준비시키지 않으셨을 겁니다. 어떤 작전 내용인지 저희도 알아야 할 것 아닙니까!"
박재형의 말을 대기하고 있던 후임들은 행동으로 지지했다. 대원들은 지급된 총기 소지를 거부했다. 집단 항명에 대한 처벌을 두려워하지 않는다는 것을 태도로 분명하게 보여주고 있었다.
단장은 박재형의 멱살을 과격하게 풀고 전 대원을 향해 소리쳤다.
"작전 내용은 모른다! 사령부에서 주소 하나만을 보내왔고 곧 헬기로 침투 예정이다! 비상계엄이 선포된 이상 대한민국은 군법이 우선시된다! 어떤 이유로든 항명은 처단의 대상이라는 걸 명심하길 바란다! 항명을 하든! 무장하고 헬기를 타든 정확히 5분 주겠다!"
단장은 반항기 어린 시선들을 뒤로한 채 미련 없이 돌아섰다.

내무반에 있는 대원들은 침울함을 감추지 못했다. 그때 스피커를 통해 단장이 명령을 번복했다.
-아직 헬기 이륙 허가가 나지 않았다. 계엄 사령부가 꾸려지면 다시 명령을 하달받기로 했으니 전 대원은 무장을 유지한 채 대기하고 있도록.
한 대원이 자칫 잘못하면 항명으로 비춰질 수 있는 물음을 겁 없이 꺼냈다.
"이륙허가가 안 날 수도 있습니까?"
다른 대원도 당당하게 눈치 보지 않고 불신을 털어놨다.
"이륙 허가도 나지 않은 상태에서 작전명령이 떨어졌다고? 대체 어떤 상황입니까?"
박재형에게 쉴 새 없이 질문이 쏟아졌다. 그는 감정이 격해지고 있는 대원들을 진정시켜야 했다. 이러다 진짜 항명하는 일이 벌어질 것 같았다. 계엄령이다. 계엄령이 떨어졌다. 어떤 법보다 군법이 우선된다. 군법에서 항명은 가장 무거운 벌 중 하나다. 그는 침착함을 유지하며 후임들을 설득했다.
"의심 가는 부분들도 있을 거야. 근데 전쟁에 준하는 상황이니까 저런 비상계엄을 선포하지 않았겠어? 분명히 저렇게 말도 안 되는 담화문을 발표한 이유도 있을 거야. 현 상황을 의심하는 건 우리의 정치 성향이 만들어 낸 반발이 아닐까? 실제로 대테러가 일어났다면 우린 지금 큰 실수 하는 거야."
후임들은 박재형의 말에 집중했다.
"생각해 봐. 세상에 어느 누가 개인적인 욕심으로 비상계엄을 선포하겠어? 우리가 의심하기 시작하면 국가에 대한 충성심이 사라진다. 그럼 목숨을 부지하기 위해 행동이 느려져. 그렇게 되면 우린 개죽음 당할뿐 아니라 진짜 대한민국이 적에게 넘어갈 수도 있다."
박재형은 내무반에 맹독처럼 퍼져있는 혼란을 거두고 용맹을 심어주려 했다.
"우리는 국가와 민족을 지키는 군인이다. 군 통수권자 역시 우리와 정치적인 셈법은 다를지언정 국가와 민족을 지키겠다는 신념은 같다. 대통령을 의심하기보단 지금 우리를 의심하게 만드는 지역, 사상, 철학, 관념을 모두 버리자! 그리고 다시 군인으로 돌아가 오직 국민의 생명과 국가를 지키겠다는 신념만을 머리와 가슴에 새기자! 대한민국을 반드시 지켜내자!"
박재형은 뿌리 깊게 심어진 불신을 과감하게 뽑아냈다. 미친놈이 아니고서야 비상계엄으로 국가를 비상사태로 만들 사람은 존재하지 않는다는 상식을 우선했다. 대원들도 동조했다. 그의 말을 들어보니 정말 그랬다. '비상계엄을 통해 어떤 이익을 얻을 수 있을까?'라는 질문을 던져보면 객관적이고 상식적인 답을 내릴 수 있었다. 어떤 이익도 없다. 80년대와 같이 독재를 꿈꾸고 누군가를 간첩으로 몰아간다는 건 있을 수도 없는 일이다. 결국 비상계엄령의 내용은 진실일 가능성이 더 높았다.

분위기가 급변했다. 박재형이 먼저 총을 손에 들었다. 다른 대원들도 이 땅에 살아가는 모든 생명과 자유를 지키기 위해 총을 들었다.

박재형은 끝까지 군 통수권자를 믿었다. 대원들도 말도 안 되는 야욕으로 비상계엄을 선포한 대통령을 믿.었.다.

2024년 12월 3일. 저녁 11시 25분 - 계엄사령관 박완수 육군참모총장 임명.

계엄사령관이 임명되자마자 대원들은 헬기를 타고 어딘지도 모를 작전지를 향해 달려갔다.
박재형을 포함 대부분의 장병들은 작전 장소가 북한 아니면 북한과 가까운 지역이라고 판단했다.
정말 그 누구도 자신들이 탄 헬기가 국회 경내에 착륙할 것이라고는 상상조차 할 수 없었다.

2024년 12월 3일. 저녁 11시 40분 – 계엄군 국회 경내 진입.

헬기가 국회의사당으로 진입했다.
헬기가 착륙하자 대원들은 뭔가 잘못됐음을 직감했다. 직접 작전을 지휘하기 위해 온 특전사령관은 대원들을 똑바로 보지 못하고 머뭇거렸다. 박재형이 제일 먼저 헬기에서 내려 특전 사령관에게 명령을 요구했다.
"대체 어떤 작전입니까!"
박재형은 시끄러운 헬기 소리로 인해 소리를 내질렀지만 핑계에 불과했다. 속이 터질 듯한 심정이 더욱 크게 작용한 외침이었다.
사령관이 마지못해 입을 열었다.
"국회 본회의장으로 진입을 하라는 지시가 내려왔다. 대통령께서 직접 지시하신 사항이다."
헬기 시동이 꺼졌지만 대원들은 헬기 안에서 움직이려 하지 않았다. 사령관도 서두르지 않았다. 박재형은 곰곰이 생각하다 다급히 대원들을 돌아보며 소리쳤다.

"국회 본회의장 안에 대테러가 일어났다! 서둘러! 본회의장 안으로 진입한다! 빨리! 국회의원들이 위험하다!"

박재형의 말에 대원들의 머리에는 '아차!'하는 후회가 밀려왔다. 적이 국회까지 진입했다는 건 긴박하다 못해 국가 최대 위기였던 것이다. 대원들의 행동이 빨라졌다. '우리가 왜 국회에 왔지?'라는 의문을 품은 머리와 마음을 탓했다. 대원들은 잘못을 만회하기 위해 온힘을 다해 국회의사당으로 뛰어갔다.

박재형은 대원들에게 직접 작전을 지시했다.

"국회의원은 개개인이 헌법기관이다. 테러 집단이 국회를 표적으로 삼은 건 체제 붕괴를 노린 것이 분명하다! 수단과 방법을 가리지 말고 국회의원 전원을 구출하도록!"

박재형과 대원들은 그제야 대통령의 비상계엄이 이해됐다. 황당한 담화문 역시 작전을 숨기기 위한 현명한 대처였다고 설득되고 있었다. 국회 테러와 국회의원 구출 작전은 국가 운명이 달린 긴밀한 작전이기 때문이다.

대원들의 사기는 하늘을 찔렀다. 목숨을 걸어서라도 국회의원들을 구출해야 한다는 사명감만이 그들을 지배하고 있었다. 여기서 죽더라도 역사는 기억할 거라는 자부심이 생명의 구걸을 허락하지 않았다.

국회의사당 입구 앞에 거의 도착했을 때였다. 입구를 막아선 경찰들이 보였다. 자세히 보니 경찰은 시민들과 대치 중이었다. 누구라고 할 것도 없이 경찰과 시민들의 대치를 목격한 대원들은 발걸음을 멈췄다.

뒤늦게 쫓아온 사령관이 박재형과 대원들을 막아섰다. 사령관이 막아섰을 땐 이미 전 대원이 멍하니 서서 시민들을 바라보고 있었다.

사령관이 말했다.

"우리 작전은 국회 본회의장으로 진입해서 국회의원들을 끌어내는 것이다."

사령관의 음성은 민망함을 숨기지 않았다. 박재형이 황당한 얼굴로 물었다.

"국회의원을 왜 끌어냅니까?"

사령관은 시선을 땅에 떨구고 대답했다.

"대통령님의 지시다. 150명 이상의 의원이 모이면 안 된다고... 총을 쏘고 문을 부숴서라도 안에 있는 의원들을 끌어내라고 명령하셨다."

침묵이 흘렀다. 사령관도 박재형도 대원들도 말문이 막혔다. 사령관의 말을 들은 대원들은 배신감에 사로잡혔다.

말도 안 되는 담화문을 발표해도 끝까지 군 통수권자를 믿었다. 국가와 국민을 위해 1초의 고민도 없이 기꺼이 목숨을 버릴 각오로 작전을 수행하려 했다. 우리 부대 전원이 전사하더라도 국민이 뽑은 국회의원을 구출해서 나올 수 있다면 충분했다.

그게 바로 자신들의 존재 이유라고 애써 위로하며 스스로 목숨을 하찮게 만들었다. 사랑하는 사람들과 이별의 시간마저 허락되지 않았지만, 어떤 갈등이나 머뭇거림도 없이, 전 부대원이 총알받이가 될 수 있는 국회로 서슴없이 들어가려 했다. 아니, 총알받이였다. 긴급 작전에 대원들의 생명까지 챙길 여유는 없었다. 대원들은 동시에 똑같은 목적을 떠올렸다.
'국회의원들만 구출만 하면 된다! 그것만 성공하면 된다!'
박재형뿐만 아니라 장병들은 전부 죽어서 나올 것임을 받아들이고 있었다. 서로가 대화하지 않아도 알았다. 전우란 그런 존재니까. 서로가 서로를 지켜주고 내 목숨을 던질지언정 전우만큼은 살리고 싶은 마음으로 훈련해 왔으니까. 내가 희생해서 한 명의 전우가 살아남는다면 기꺼이 몸을 내던질 것이다. 하지만 '살아남는다.'라는 전제는 허락하지 않는 작전이었다. '그렇다면 내가 먼저 죽자! 내 전우가 1분 1초라도 더 살 수 있도록, 희박하지만 의원과 함께 빠져나갈 수 있도록 내가 먼저 희생양이 되자!'라는 마음으로 전 대원이 국회로 뛰어가고 있었다. 그리고 하나의 위로만이 그들을 토닥이고 있었다.
'우리는 죽어도 대한민국과 국민은 살 수 있다.'
그런 믿음을 배신한 국가 원수였다.
박재형의 눈에서 눈물이 흘렀다. 그토록 아니라고 외쳤던 말도 안 되는 일이 벌어졌다. 상식을 벗어난 대통령은 그와 장병들을 계엄군으로 만들었던 것이다.
사령관이 망연자실한 채 대원들에게 사죄했다.
"너희 지휘관으로서 면목이 없다."
그때 사령관의 손에 들려있는 비화폰으로 전화가 왔다. 일제히 비화폰에 이목이 쏠렸다. 사령관이 대원들 앞에서 전화를 받았다.
"네. 전화 받았습니다."
다급한 목소리가 대원들의 귓가에 박혔다
"나 대통령인데."
사령관의 표정이 굳었다. 대통령은 사납게 소리쳤다.
"아직도 안 들어가고 뭐 하고 있어! 빨리 본회의장 들어가서 전부 끌어내! 150명만 안 모이면 돼! 150명만 안 모이면 된다고!"
대통령의 고함은 쩌렁쩌렁 울려 퍼졌다. 비화폰을 통해 욕망에 눈먼 명령이 대원들에게 직접 하달됐다. 대통령은 버럭버럭 화를 내며 마지막까지 학살과도 같은 명령을 내렸다.
"총을 쏘고 문을 부숴서라도 반드시 의원들 전부 끌어내! 이 새끼들 전부 종북 좌빨 새끼들이니까! 모조리 끌어내라고!"
사령관이 마지못해 대답했다.
"네. 알겠습니다. 바로 진압 작전 들어가겠습니다."
사령관이 전화를 끊었다. 사령관은 전 대원이 들은 명령을 입 밖으로 꺼내지 못했다. 박재형은 대통령이 150명이란 숫자를 언급한 이유가 궁금했다.
"150명의 의미가 뭡니까?"
사령관은 어떤 갈등도 없이 말했다.
"계엄을 막을 수 있는 국회의원 정족수가 150명이다. 150명 이상이 계엄 해제에 찬성하면 계엄은 해제된다."
답을 들은 박재형이 양심에 따른 결론을 보고했다.
"전 명령 따르지 않겠습니다."
사령관이 목소리를 높였다.
"누가 감히 항명하래? 항명하면 어찌 되는지 알면서 그래?"
박재형이 항명을 확고히 하려는데 사령관이 선수를 쳤다.
"난 대통령의 명령을 따르지 않겠다. 내가 항명해서 너희에게 명령하는 것이니 너희는 항명이 아니다."
사령관은 대통령의 명령과 반대되는 명령을 위풍당당하게 지시했다.
"전 대원 당장 총 뒤로 메! 민간인을 향해 총구를 겨누는 일은 허락하지 않는다! 어넌 상황에서도 민간인과의 접촉을 허락하지 않는다! 본회의장 진입을 허락하지 않는다! 나는 너희들이 계엄군이 되는 걸 허락하지 않겠다!"
박재형이 울음을 터트렸다. 사령관도 끝내 다음 명령을 잇지 못했다.
박재형이 사령관의 무거운 짐을 나눴다.

"사령관님. 혼자 짊어지실 필요 없습니다. 그리고 이게 어떻게 항명이 됩니까?"
박재형이 대원들에게 군법을 설명하며 선택의 기회를 줬다.
"부당한 명령은 거부할 수 있다. 잘 생각해 보자. 150명이 계엄 해제를 찬성하면 계엄이 해제된다. 이건 헌법이 보장한 국회의원의 권한이다. 그런데 표결을 못하도록 강제하기 위해 폭력을 휘두른다는 건 부당한 명령에 해당한다. 그렇다면 대통령의 명령에 따라 헌법이 보장한 국회의 계엄 해제 표결을 방해한 우리는 어떻게 될까?"
대원들은 천천히 총을 뒤로 맸다. 부당한 명령에 분해하며 눈물까지 흘리고 있었지만 눈빛만은 빛나고 있었다.
박재형은 대원들에게 신념에 따른 자유로운 선택을 보장했다.
"계엄군이 될지 군인으로서 저기 있는 시민들을 보호할지 각자 선택하길 바란다. 본회의장으로 가려면 반드시 저기 계신 시민들을 무력으로 진압하고 가야만 한다. 나는 차마 내 총부리를 시민에게 향할 수 없다."
그때 경찰과 대치 중이던 오상진이 부대원들을 발견하고는 소리쳤다.
"군인이다!"
오상진이 박재형과 부대원들을 향해 뛰어왔다. 다른 시민들도 덩달아 정신없이 뛰어왔다. 한 부대원이 당황하며 총을 손에 쥐고 방어 태세를 갖췄다.
사령관이 급하게 만류했다.
"시민들이다. 절대 총구 겨누면 안 돼!"
긴장한 총을 든 대원이 시민들에게서 눈을 떼지 못했다.
"폭도면요? 저 사람들이 폭동이라도 일으키면."
폭도라는 말에 대원들이 동요했다. 박재형이 총을 든 대원에게 등을 보이며 다가오는 시민들 앞에 섰다. 사령관도 박재형과 함께 나란히 섰다.
박재형이 시민들을 재빨리 관찰했다.
"시민들 손에 무기 될 만한 것들이 들려있어? 하다못해 돌멩이라도 쥐고 있어?"
아니었다. 오상진도, 어떤 시민도 손에 들고 있는 것이라고는 휴대전화와 가방과 같은 생활용품뿐이었다.
박재형이 두 손을 들어 올리며 어떤 공격 의사도 없음을 알렸다. 오상진을 선두로 시민들은 계속 뛰어왔다.
박재형이 총을 든 대원과 어제 나눈 이야기를 떠올렸다.
"서 하사. 자네 꿈이 수의사랬지? 동물들이 너무 좋다고. 우리 부대 안에 살고 있는 길고양이들 집 지어준 것도 너지?"
서 하사가 박재형의 등을 뚫어져라 응시했다. 질책의 의도가 아니라는 걸 알 수 있었다. 박재형은 서 하사의 시선 느끼며 행복한 미래를 그려줬다.

"그래서 뒤늦게라도 꼭 수의대에 가고 싶다고 했지? 근데 말이야. 우리가 지킨 시민들 중 한 명이 널 가르칠 거야. 그리고 많은 시민이 네게 아픈 가족을 데려오겠지. 대통령이 네 꿈을 실현해 주는 게 아니라고."

서 하사가 천천히 총을 내려놨다.

박재형은 갈등하는 다른 대원들에게도 비슷한 물음을 던졌다. 내무반에서 도란도란 수다 떨던 분위기를 이어가려 노력했다.

"유 하사. 아버님께서 하시던 식당 물려받고 싶다 했지? 아버지가 평생 연구하신 된장 맛을 알리고 싶다고. 인터넷에도 팔고 식당도 확장해서 아버지 된장이 가장 맛있다는 걸 증명하고 싶댔잖아."

유 하사는 시민들을 노려보다가 박재형의 등을 향하여 "네. 맞습니다."라고 말했다.

"아버님의 된장을 먹고 극찬해 줄 시민들이 달려오는 거야. 어떤 권력자도 된장을 먹고 극찬하지 않아. 하지만 저기 우리에게 오고 있는 시민들은 달라. 미래의 너와 아버님께 희망을 선물해 줄 분들이 다가오는 거라고."

유 하사의 눈빛이 부드러워졌다.

이번에는 사시나무 떨듯 떨고 있는 대원을 박재형이 다정하게 불렀다.

"전 하사? 듣고 있나?"

전 하사는 앞으로 벌어질 일에 대한 갈등 속에 응답했다.

"네. 듣고 있습니다."

박재형은 전 하사의 행동을 정당화해 줬다.

"지금 앞에 있는 사람들이 적이었다면 이렇진 않았을 건데. 그치?"

전 하사는 기다렸다는 듯이 목청을 높였다.

"맞습니다. 솔직히 적이라면 온 힘을 다해 싸우다 명예롭게 전사할 수 있습니다."

전 하사는 절규했다.

"그런데 말입니다. 제 앞에 있는 사람들은 적이 아닌 시민입니다. 저 사람들이 폭력을 사용해도 무작정 당해야 하는 상황입니다. 소극적으로 방어적 대응만 한다 해도 어떤 명예도 남겨지지 않습니다. 앞에 있는 시민들이 폭도가 되어 우릴 때려죽인다 해도! 우린 결국 계엄군으로 남겨지는 불명예만이 기다리고 있습니다. 그게 너무 억울합니다!"

박재형은 전 하사의 절규와 억울함을 단번에 앗아갔다.

"전 하사. 우리 앞에 있는 사람들은 절대 폭도가 되지 않는다. 그리고 절대 불명예스러운 전역도 없다. 전 하사 버킷리스트 중 연극무대에 꼭 서보고 싶다는 리스트가 있었던 것 같은데 맞나?"

"네. 맞습니다."

"자네가 연극무대에 섰을 때를 상상해 보자. 연극 무대에 함께 설 사람들이 권력자인가? 시민인가?"
"…"
"자네 연극을 보러 오는 사람들이 시민들인가? 대통령인가?"
"…"
박재형이 전 대원을 향해 외쳤다.
"너희가 꿈꾸고 이루고 싶어 하는 모든 것들은 시민을 상대해야 한다. 하지만 우리에게 계엄군을 강요한 대통령은! 권력자는! 우리가 꿈꾸는 어떤 것에도 동행하지 않는다. 지금까지, 앞으로도 계속 우리와 동행하는 사람들은 바로 저 앞에 있는 국민이다. 우리를 향해 뛰어오는 시민들도 그걸 잘 알고 있기 때문에 국회로 온 것이다. 함께 동행할 이들을 지키기 위해 우리가 들고 있는 총을 두려워하지 않는 것이다. 우리가 동행자라는 걸 알고 있기 때문에! 우리가 쏘지 않을 것을 알고 있기 때문에! 우리를 향해 달려오는 것이다!"
우렁찬 신념이 대원들의 마음을 진정시켰다. 박재형이 마지막으로 확고한 의지를 전했다.
"나는 우리 국민을 믿는다."
서 하사가 총을 뒤로 멘 채 손을 들어 올리며 박재형에게 물었다.
"그러고 보니 중사님은 제대하시면 뭘 하고 싶으십니까?"

다른 대원들도 손을 들어 올린 채 여유를 되찾고 물었다.
"맞습니다. 중사님은 한 번도 저희에게 말씀해 주신 적 없는 거 같습니다."
"말씀해 주십시오. 군대에 말뚝 박을 생각은 아니지 않습니까."
대원들은 시민들을 향한 의심을 거뒀다. 화기애애한 훈훈함이 대원들을 감쌌다. 후임들은 진정으로 박재형이 꿈꾸는 미래가 궁금했다. 시민들을 굳게 믿는 그가 그리는 미래를 얌전히 기다렸다.
박재형은 선뜻 말을 따라준 대원들에게 고마움을 담아 속마음을 전했다.
"사실 말뚝 박을 생각이었다. 근데 이젠… 나도 내가 하고 싶은 것들을 꿈꿀 수 있는 미래가 허락된 것 같다. 앞으로 천천히 생각해 보려 한다."
사령관이 박재형의 어깨를 토닥이며 격려했다.
"아버님께서 자랑스러워하실 거 같다. 이제 마음의 짐을 덜어놔도 될 것 같다."

점점 가까워지는 오상진과 시민들은 멈출 생각이 없었다. 드디어 대원들 바로 코앞까지 시민들이 다가왔다. 시민도, 군인도 위축되거나 경계하지 않았다.

오상진이 달려와 박재형을 와락 안았다.
"나. 15년 전에 군대 다녀왔거든? 근데 이러면 안 돼. 우리끼리 싸우면 안 돼. 우리가 지켜줄게. 조금만 이대로 있으면 되거든? 그럼 국회에서 계엄 해제할 거야. 계엄군이 되지 말자. 응? 부탁할게. 우리 동생들."
박재형이 오상진의 등을 감싸 안았다.
"저희도 선배님과 시민들을 지키겠습니다. 감사합니다."
달려온 시민들이 하나둘 대원들을 안기 시작했다. 대원들은 서슴없이 시민들의 위로와 걱정을 받아들였다.

국회 경내로 진입한 다른 부대 군인들 역시 계엄군이 되길 거부했다.
국군 장병들은 대통령의 독재와 내란을 위해 총을 들지 않았다.

대한민국의 모든 군인은 입영의 순간 선서를 한다.
'○○○는 대한민국 군인으로서 국가와 국민을 위하여 충성을 다하고 헌법과 법규를 준수하며 상관의 명령에 복종하고 맡은 바 임무를 성실히 수행할 것을 엄숙히 선서합니다.'
독재를 꿈꾼 권력자는 착각하고 있었던 것이다.
대통령이 곧 대한민국이라는 어리석고 아둔한 착각이 계엄령을 선포하게 만들었지만 어느 장병들도 더러운 독재를 허락하지 않았다.
오히려 대통령의 명령을 거부함으로 국가와 국민을 보호하고 헌법과 법규를 지켜내며 맡은 바 임무를 성실하게 수행한다는 선서를 지켜냈다.

추접한 탐욕이 만들어낸 욕망은 결코 그들을 계엄군으로 만들지 못했다.

박재형과 부대원들은 계엄령을 따르지 않기로 결정했다. 국회 진입을 거부한 채 시민들에게 위협감을 주지 않기 위해 멀찍감치 떨어져 대기하고 있었다. 긴장이 조금씩 풀려왔다. 대원들은 바닥에 주저앉아 쉬거나 간식을 먹기도 했다. 그 가운데에서 쉬지 않고 대원들을 격려하고 있는 박재형을 사령관이 조용히 불렀다.
사령관은 박재형을 국회 외곽으로 데려갔다. 사령관은 주위를 둘러보더니 아무도 없는 것을 확인하고는 그에게 핸드폰을 건넸다.
"아버님께 전화 한 통 넣어드려."
"이렇게 해도 괜찮습니까?"
"당연히 안 괜찮지. 불법 계엄을 따르지 않는 건 항명이 아니만 작전 중 핸드폰 사용은 문책당할 수 있으니 비밀로 하자고. 천천히 통화하고 와. 국회 의결 정원 다 찼다고 하네. 철수 준비 하고 있을게."

사령관이 대원들을 향해 뛰어갔다. 박재형이 핸드폰을 손에 들고 가만히 서 있었다. 아버지에게 오늘 있었던 길고 긴 이야기를 어떻게 전해야 할지 막막하고 불편했다. 한참 동안 고민하던 그가 이윽고 전화번호를 눌렀다. 사령관의 핸드폰에는 아버지의 전화번호가 저장되어 있었다. 사령관의 핸드폰 속 아버지는 '박상수 대령님'으로 불렸다. 통화 버튼을 누르자마자 아버지가 전화를 받았다.

"어! 조 사령관. 어떻게 됐어?"

아버지는 걱정이 역력했다. 박재형이 떨리는 입술을 열었다.

"저예요. 아버지. 사령관님께서 연락하라고 핸드폰 빌려주셨습니다."

아버지는 안부를 묻기보단 애원에 가까운 당부를 했다.

"재형아! 니 절대 시민들한테 총 쏘면 안 된다. 그랬다간 나처럼 된다. 알겠나?"

아버지는 말할 틈을 주지 않았다. 고통이 서려 있는 한 섞인 조언을 쉬지 않았다.

"항명해라! 애비처럼 멍청하게 명령 따르지 말고! 그래서 평생 고통 속에서 살아가지 말고! 꼭 항명하고 시민들을 지켜라."

아버지의 말을 감당하기 벅찼다. 박재형의 다리가 풀렸다. 한쪽 벽에 등을 기댄 그가 스르르 주저앉았다. 터진 울음보는 수도꼭지마냥 멈출지 몰랐다. 수화기 너머로 울음소리가 새어나가지 않게 입술을 깨물었다. 아버지는 거침없이 지난 아픔을 이실직고했다. 그가 어린 시절부터 알고 싶어 했지만 절대 들려주지 않았던 이야기를… 갈기갈기 찢기는 상처를 남기면서도 말하고 있었다. 그가 당신처럼 되지 않기를 바라는 마음이 회상이라는 자해 행위를 견디게 해 줬다.

"지금 대통령이 내린 명령은 잘못된 거다. 그게 바로 내란이라는 거다. 종북이며 간첩이며 떠들어 대는 거 다 거짓말이다. 내가 때려잡고 총으로 쏜 사람들 말이다. 종북 아니었다. 간첩 아니었다! 그냥 평범한 시민들이었단 말이다. 니… 총 쏘믄 말이다. 내처럼 되는 거다. 알겠나?"

: : :

평생을 군인으로 살아오신 아버지였다. 늦둥이였던 박재형은 아버지의 사랑을 듬뿍 받았다. 당연히 아버지를 떠올릴 때면 인자했던 모습만이 떠올랐다. 딱딱한 군인의 습관은 어쩔 수 없었지만 그걸 뛰어넘는 성향이나 행동은 '아버지란?'이라는 질문을 던져졌을 때 자신 있게 '인자하신 우리 아버지'라고 대답할 수 있었다.
그런 아버지에게 이상한 습관이 하나 있었다. 일주일에 서너 번은 깊은 밤 식은땀을 흘리며 잠에서 깨어난다는 것이었다. 종종 비명을 지르는 경우도 있었다. 박재형이 인자한 아버지를 떠올릴 때면 동시에 겹쳐지는 기억일 정도로 잦은 일상이었다. 뿐만 아니었다. 겉으로는 강직한 군인이었지만 이주일에 한 번씩 정신과에 가서 약을 타왔다. 아버지가 먹는 약은 마음이 병들어서 먹는다는 걸 초등학교 고학년이 됐음 즈음 알게 됐다. 그 뒤로 아버지의 정신이 병든 원인을 알기까지 그리 오래 걸리지 않았다. 학교에서 역사를 배우며 자연스럽게 알게 됐다.
박재형에게 사춘기가 찾아온 어느 날, 아버지에게 용기 내어 여쭤본 적이 있었다.
"아빠. 당시 광주에 계셨었나요?"
인자한 아버지가 역정을 내지 않을 것을 알았다. 아버지의 악몽 속 장소가 광주라는 것도 알았다. 아버지는 악몽을 꿀 때마다 어김없이 익숙한 악다구니 속에 깨어났다.
'내가 쏘고 싶었던 게 아니야! 정말 간첩인 줄 알았다고!'
함께 저녁을 먹던 아버지는 얼굴이 굳어졌다. 황급히 숟가락을 내려놓고 안방으로 피했다. 어머니는 박재형을 호되게 혼내며 매를 들었다. 어머니의 꾸중이 끝날 줄 모르자 아버지가 안방에서 나왔다.

"애가 뭔 잘못이 있다고. 그만해라."
어머니는 아버지 눈치를 보며 매를 바닥에 내려놓았다. 아버지는 부엌에서 약 봉투를 털어 넣었다. 잠시 숨을 고른 아버지가 박재형에게 부탁했다.
"그러니까 우리 재형이는 많이 배워서 애비 같은 실수는 하지 말거라."
그날부터 아버지는 일주일 내내 고함을 지르며 밤잠을 설쳤다. 반항만이 가득한 질풍노도의 시기를 보내면서도 아버지의 괴로움이 고스란히 전해졌다. 그는 그날 이후 광주 이야기를 절대 꺼내지 않았다. 아버지에겐 죽음을 넘어선 극한의 고통이 광주라는 것을 받아들였다.

박재형은 대학을 가기보단 707부대에 들어가기 위해 부사관에 지원했다. 그가 고등학교 때 아버지는 대령으로 전역했다. 장군끼지 갈 수 있는 충분한 자격을 갖췄지만 마음의 병은 깊어만 갔다. 아버지의 전역을 어머니 역시 간절히 바라고 있었다. 시간이 지날수록 아버지는 악몽 속에 깨어나는 일이 잦아졌다. 어머니는 도저히 지켜볼 수 없었다. 천성이 여리고 바른 남자라는 것을 동반자는 잘 알고 있었다. 그렇기에 지금까지 버텨온 것도 용하다고 아버지를 다독이며 전역을 권유했다.
조금의 부족함도 없었던 아버지이자 남편이었다. 그런 아버지가 유일하게 연약하고 힘들어했던 순간을 박재형과 어머니는 치유해주고 싶었다. 티끌만큼의 원망도 허락하지 않은 완벽한 부정은 그를 707부대에 지원하게 했다. 국가에서 그에게 입대를 허락했을 때 제일 먼저 아버지를 찾았다. 아버지는 퇴직을 하자마자 집 근처 아파트 경비 일을 하며 사회에 적응하려 노력했다. 매일같이 새벽 5시 반에 일어났던 규칙을 퇴역 후에도 지키며 살아가고 있었다. 그는 아버지가 분리수거를 하고 있자 재빨리 다가가 일을 도왔다. 그가 장성한 후에도 아버지의 눈빛은 변함이 없었다. 그는 그런 아버지의 시선이 좋았다. 아버지가 보고 있음을 느끼고 고개를 돌리면 언제나 아버지가 웃고 있었다. 그는 아버지에게 선물과 같은 순간을 선물하고자 입을 열었다.
"아버지. 저 아버지가 입대하셨던 707부대에 입대하기로 했습니다."
아버지의 표정은 먹구름이 잔뜩 낀 하늘과 같이 변했다. 박재형이 빠른 손놀림으로 분리수거에 집중하며 햇살을 안기고자 했다.
"아버지가 무슨 잘못을 하셨는지 모르겠지만 제가 대신 당당하게 나라 잘 지켜보겠습니다. 그리고 아버지 꿈을 제가 대신 이뤄보겠습니다."
부자지간에 나누기에는 낯간지러운 대화였다. 자칫 오글거릴 수 있는 이야기가 두 남자에게는 따뜻했으며 존경과 애정으로 가득했다.

아버지는 마지못해 응원을 전했다.

"현명해야 된다. 애비랑 같은 시대가 아니라서 다행이지만서도, 그런 말도 안 되는 세상은 두 번 다시 안 올 것이지만서도, 항시 현명해야 된다."

"걱정 마세요."

아버지는 분리수거장 한쪽에 걸터앉아 장갑을 벗었다. 옛 생각에 잠기는 듯하더니 조심스럽게 말문을 열었다.

"내 반평생을 군복 입고 살았다. 처음에는 배운 게 없어서 몰랐는데 계급이 올라가고 짬밥이 늘어날수록 하나는 알겠더라."

아버지가 처음으로 군대 생활을 이야기했다. 박재형의 귀가 곤두섰다.

"뭔데요?"

"내가 지켜야 하는 국가와 민족은 내 밑에 있는 병사들이라는 거. 그리고 그 병사들의 가족이라는 거. 그게 바로 국가라는 거."

무서웠던 아버지의 입이 오늘 만큼은 많은 이야기를 들려줬다.

"대한민국에 살고 있는 국민은 죄다 군대 보낸 가족들뿐이다. 아들이, 친척이, 동생이, 형제가 반드시 군대에 가거나 갔다 왔다는 말이다. 그러니까 어떤 상황에서도 국민을 향해서 총부리

겨누면 안 된다. 네 등 뒤를 지켜주는 전우들의 가족들이 바로 국민이라는 걸 명심하거라."
아버지가 벗어놓은 장갑으로 눈가를 닦아냈다.
"오늘 먼지가 많네. 목마르지? 가서 음료수나 한 병씩 마시자."
아버지가 앞장섰다.
박재형은 아버지가 깨달은 하나의 말씀을 새기며 707부대에 입대했다. 그리고 아버지에게 전화한 지금 이 순간에도 잊지 않고 새기고 있었다.
"차라리 사람들이 때리면 그냥 맞아라. 항복한다고 소리라도 치거라. 니는 나같이 총 쏘믄 안 된다. 알겠지? 대답해라! 어서!"
아버지가 대답을 재촉했다. 마치 희생자들에게 다 기억하고 있으니 용서해 달라는 애원과도 같았다. 희생자들에게 아들만은 그리 만들지 말아 달라고 기도하는 듯했다. 어쩌면 아버지에게 희생자들은 절대적인 존재였을지도 모르겠다.
"재형아! 내 총에 맞아 죽은 사람이 누구였는 줄 아나? 고등학생이었다. 군인들이 몰려오니 그러지 말라고 다가오던 고등학생이었단 말이다. 까까머리로 달랑 책가방만 메고 달려왔단 말이다. 그때 우리 중 누군가가 소리쳤다. 종북 빨갱이 새끼라고. 책가방 안에 폭탄이 들었다고. 자폭하러 오는 거라고 사격을 지시했다. 솔직히 무서웠다. 폭탄이 터지믄 다 죽는 거니까. 난

내 전우들을 살리겠다는 마음으로 총을 쐈다. 근데 쓰러진 학생 책가방에서 뭐가 나왔는 줄 아나?"
아버지는 괴로움에 몸서리쳤다. 박재형은 듣는 것조차 힘겹고 잔인한 아버지의 고백을 피하지 않았다. 아버지가 끝내 오랜 시간 숨겨온 잘못을 일말의 거짓도 없이 증언했다.
"태극기였다. 폭탄도 아니고 북한이나 중국 국기도 아닌 태극이었단 말이다. 우리가 광주 시청으로 땡크랑 장갑차를 몰고 갔는데 말이다. 거기에서도 가장 먼저 눈에 띈 건 분수대에 걸려있는 커다란 태극기였다. 그리고 제일 먼저 들려온 소리는 애국가였다. 내가 때려죽인 사람들 모두가 그냥 평범한 시민이었단 말이다. 내 총과 몽둥이에 죽은 사람들 중에 빨갱이는… 대통령이 말하고 지휘관들이 말했던 빨갱이는… 단 한 사람도 보지 못했다."
더 이상 아버지는 비통함을 감추지 않았다. 아들에 대한 염려와 사랑은 지독한 악몽으로 남겨져 있던, 평생을 숨기고 싶었던 기억을 마주하게 만들었다. 이제 박새형이 지난 아버지의 죄를 사하여 줄 시간이 다가왔다.
"아버지. 전 시민을 지켰습니다."
박재형이 상관에게 보고하듯 말을 이었다. 복잡 미묘한 감정들도 솔직하게 담아냈다. 눈물을 참지도 않았다. 아버지이기 때문에 조심스럽고 부끄러울 수 있지만 숨기지 않고 솔직하게 말했다.

"말씀하신 대로 국가인 우리 장병들을 보호하고 장병들의 가족을 지켰습니다. 지금도 국가인 국민을 지키기 위해 서 있습니다. 계엄이 끝나는 순간까지 저희 707부대 전 대원은 끝까지 국가인 국민을 보호하고 지킬 것입니다. 군 통수권자의 거짓에 휘둘려 절대 무고한 생명을 해치지 않을 것입니다. 국회에 온 모든 국민은 저희 대원들이 조금의 부상도 없이 지켜낼 것을 약속드립니다."

박재형은 국회가 쩌렁쩌렁 울릴 만큼 큰 소리로 마지막 보고를 올렸다.

"어떤 권력자도 국가가 될 수 없으며 국가를 전복시키거나 장악할 수 없습니다! 충성!"

박재형은 국가를 지켜내고 있었다. 80년대 당시 국가를 지켜내지 못했던 아버지를 대신해 반드시 지킬 것을 맹세하고 있었다. 그의 굳은 의지를 전달받은 아버지가 감사와 속죄를 동시에 전했다. 그리고 80년대 희생된 영웅들에게 국가에 대한 충성을 약속했다.

"계엄은 곧 끝날 것이다. 그때까지만... 이번만큼은... 애비가 지켜주지 못했던 국가와 민족을 꼭 지켜주길 바란다. 충성!"

안현모

애국 시민으로 살아온 우리 가문이 자랑스러웠다.
그런 내가 시민들이 지키려는 국회를 짓밟고 방패로 막아섰다.
나는 오늘 헌법과 질서를 파괴하고 유린한 범죄자가 되었다.

12월 3일. 출근을 하자마자 비상대기가 걸렸다. 서울에 있는 경찰 기동대 3분의 1에게 하달된 명령이었다. 일부는 이미 며칠 전부터 국회 경호 임무에 투입됐다고 전해 들었다. 우린 저녁쯤 추가로 투입될 것이라고 했다. 국회 앞에서 시위가 있을 예정인 듯했다. 종종 있는 일이었기에 크게 신경 쓰지 않았다. 윤성열 정부가 들어서고 나서 크고 작은 시위가 늘어나긴 했다. 반면 과격한 시위는 급격하게 줄었다. 전 정부 때와는 확연한 차이를 보이고 있었다. 전 정권 시절 기동대가 광화문에 나갔다 들어오면 제일 먼저 병원부터 찾아야 했다. 성한 물건 역시 하나도 없었다. 버스는 찌그러지고 방패는 망가졌으며 옷은 여기저기 찢겨 있었다.

동료 경찰들 사이에 기동대는 강력반보다 더 극한 부서로 통했다. 생명 수당을 월급에 두 배 정도 챙겨줘야 한다는 농담까지 들려올 정도였다.

신기하게도 광화문 시대가 끝나고 용산 시대가 찾아오자 거짓말 같은 일이 벌어졌다. 기동대가 시민들에게 위협받는 일이 줄어든 것이다. 국회 앞이나 용산 앞에서 시위가 이어지긴 했지만 분위기는 확연히 달랐다.

전 정권 시절 시위대 연령은 50대 이상의 고령자들이 많았다. 길바닥에서 음주를 하는 경우도 많았고 욕설도 거침이 없었다. 당연히 연행되는 시위 참여자도 많았으며 그로 인해 기동대는 야근을 달고 살아야 했다.

윤 정부가 들어서자 전과는 달라도 너무 다른 사람들이 거리로 쏟아져 나왔다. 10대부터 70대까지 다양한 연령이 시위에 참여했는데 그들은 기동대와 어떤 접촉도 하지 않았다.

길바닥에 술을 마시는 사람도 없었고 욕설을 내뱉거나 연행되는 사람도 없었다. 그저 스피커를 가져와 노래를 틀어 놓고 춤을 추는 일이 흔했다. 아니면 단상에 올라 각자 의견을 이야기하고 토론하는 일을 즐겼다.

여러 크고 작은 단상들이 시위하는 곳곳에 만들어졌다. 그곳에서 누군가는 여성 문제를 이야기하고, 누군가는 기타를 들고 공연을 하며, 누군가는 현 정권을 신랄하게 비판을 했다.

마치 축제를 즐기는 듯한 현장이었다.

시위대는 밤을 지새우지도 않았다. 약속한 시각이 되면 너나 할 것 없이 쓰레기봉투를 손에 들고 주변을 치운 다음 흔적도 없이 사라졌다.

자연스럽게 기동대 퇴근은 빨라졌고 방패가 망가지거나 옷이 찢기는 사고도 사라졌다.

나는 이런 극과 극의 상황을 마주하며 깨달았다.

먼저 광화문 시위대를 보면 안타까움과 정부에 대한 원망이 찾아들었다.

'전 정권이 얼마나 못했으면 사람들이 저렇게 힘들어하고 욕을 할까? 오죽하면 노인들이 나와서 저렇게까지 과격한 시위를 할까?'

반면 국회나 용산 쪽 시위대를 보고 있노라면 한숨이 절로 나왔다.

'얼마나 할 일 없으면 길거리에서 춤이나 추며 놀고 자빠졌을까? 저게 바로 선동이다. 저 중에 분명히 간첩과 종북 세력이 존재한다. 그러니까 너도나도 마이크를 잡고 설교하고 춤을 추며 선동하는 거다. 진짜 처절하고 힘들면 광화문에 모인 사람들처럼 공격적으로 변하는 게 인간의 섭리니까. 윤성렬 대통령이 진짜 잘하고 있는 거야!'
나는 매번 현장에서 보고 겪은 것들을 통해 내 선택이 현명하다는 걸 확인할 수 있었다.
'어머니 말씀이 옳았다. 그리고 이번에도 투표 참 잘했다.'
나는 일명 시체가 출마해도 빨간당이면 찍어준다는 지역에서 나고 자란 사람이었다.

: : :

학교에서 가르치는 역사와 어머니가 밥상머리에서 가르쳐주던 역사는 큰 차이를 보였다.
한 번은 어머니가 가르쳐주던 내용과 교과서에서 배운 내용이 다르다고 의구심을 나타낸 적이 있었다. 아직도 생생하게 기억난다. 당시 김대중이 대통령으로 당선됐던 날이었다. 어머니는 TV를 보며 북한에 나라가 넘어가게 생겼다고 오열했다. 그때부터 노무현 대통령 시절까지 장장 10년 동안 어머니는 밥상머리 교육을 철저하게 시켰다.
어머니는 박정희와 전두환, 노태우, 김영삼이 힘겹게 일으킨 대한민국을 김대중, 노무현 두 사람이 말아먹었다고 했다. 우리 세금을 북한에 전부 퍼다 줬고 북한에 나라를 바치려 한다는 말을 귀에 못이 박히도록 들어야만 했다.

그래서 어머니께 물었던 말이었다. 교과서에서 배운 5.18과 제주 4.3 사건, 4.19 혁명을 말씀드리며 어머니의 말과 다르다고 의심했다. 어머니는 밥상을 뒤집어엎고 불같이 화를 내셨다. 간첩 세력이 교과서를 만들었다며 내 방으로 들어가 역사책을 찾기 시작했다. 책가방에서 교과서를 찾은 어머니는 보란 듯이 책을 찢어버렸다.

평상시에는 순하디 순한 어머니였다. 9살 때 아버지를 여읜 내게 지극정성이셨던 자식밖에 모르는 분이셨다. 그런 분이 정치 이야기와 노무현, 김대중 이야기만 나오면 불같이 화를 내셨다.

사실 사춘기 시절에는 밥상머리 교육이 잘 먹히지 않았다. 깊이라고는 전혀 없는 어머니의 이야기는 사이비 교주의 맹목적인 설교 같았다. 언제부터인지 어머니의 말을 무시하는 데 익숙해졌다. 어머니가 식탁에서 주절주절 이야기하면 가만히 듣고 흘려버리는 습관이 생겼다. 나는 그만하라고 말하지 못했다. 자상한 어머니를 빼앗기기 싫었다. 내가 말도 안 되는 소리라고 대꾸라도 하는 날에는 어김없이 밥상이 뒤집어지고 난리가 났기 때문이다.

그런데 언제부터 중독된 걸까? 성인이 되고 첫 투표권을 얻은

날, 나는 어머니가 지지하는 사람을 찍었다. 노무현과 김대중을 싫어하게 됐고 역사책에 대한 강한 의심을 품게 됐다. 종북 세력에 대한 확신을 안게 됐고 좌파 정치인들은 선동에 능한 고도의 훈련을 받은 자들이라 각인하게 됐다.

덕분에 윤성렬 정부가 들어서고 난 뒤 기동 대장으로서 보람을 느낄 수 있었다. 부쩍 잦아진 시위 현장을 감시하고 그들이 폭도로 변하는 걸 막아섰다. 자유 대한민국을 수호하는 중요한 임무를 바로 내가 맡고 있었다.

나는 우리 기동대가 출동하기 전 항상 직원들에게 말했다.

"종북 세력이 언제 어떻게 폭도로 돌변할지 모른다. 그들은 국가 전복을 위해 세력 형성에 앞장서고 있는 거다. 폭력이 없다고 해서 긴장을 늦추지 말도록!"

기동대는 힘을 써야 하는 일이 많기에 대부분 젊은 직원들로 구성되어 있다. 지휘관을 제외한 거의 모든 직원이 20대부터 30대 초반의 나이다. 결국 쉽게 휘둘릴 수 있다. 평화를 가장한 고도의 선동 시위를 보고 있자면 니 같은 애국시민도 긴장을 늦출 때가 있으니 말이다. 더군다나 시위대에는 젊은 여성들이 많았다. 기동대원들이 보기에는 충분히 약자라고 판단될 여지가 있다. 약자에겐 방심하게 된다. 방심하게 되면 그들이 말하는 이야기에 귀 기울이게 되고 눈 깜짝할 사이 현혹되고 중독된다. 내 의지와 상관없이 시위대의 사상에 흡수되고 그들이 하는 말이 정의가 되는 것이다.

오늘도 나는 비상대기를 하면서 전 직원에게 철저히 사상 교육을 시켰다.

"국회 경비를 삼엄하게 하는 이유는 돌아봐라. 시위대가 국회를 점령할 수도 있다는 걸 의미하는 것이다. 기동대가 야간에 긴급 투입되는 일은 흔한 경우가 아니다. 평화 시위를 가장한 사상교육이 조금씩 효과를 보고 있다는 건 그간 시위 현장을 나가봤으니 잘 알고 있을 것이다."

윤석열 정부 초기에는 천여 명도 안 되는 인원이 시위에 참여했다. 정확히 경찰 추산 700여 명 정도였고 야당 측 인사들과 지지자들이 주를 이뤘다. 작은 규모의 시위가 2천 명이 되는 데까지 3달 정도 걸렸다. 그 뒤로 김건희 여사에 대한 말도 안 되는 루머가 퍼지면서 시위대는 급격히 세를 넓혀갔다. 현장에 가보면 예전과 확실히 차이가 났다.

시위대는 크고 작은 무대에서 각자 마이크를 잡고 김건희 여사의 험담을 늘어놓았다. 길을 가던 시민들이 멈춰 서서 그들의 호소를 들었다. 어느새 일상을 살아가던 시민들이 시위대에 합류하고 피켓을 들며 그들과 섞였다.

종북 세력의 무서운 선동은 2년 반 사이 수만 명의 시위대를 군집시켰다. 여러 지역에서 동시다발적으로 이뤄지는 정부 반대 집회는 대통령을 위협하는 수준까지 이르렀다. 처음과 다르게 야당 지지 세력보다 평범한 시민들이 더 많이 참여하고 있었다.
상황의 심각성은 기동대가 투입되는 시간에서도 여실히 드러났다.
야간에 국회 경호 투입 지시가 내려온 건 처음이었다. 뿐만 아니라 20년 동안 경찰 생활을 하면서 비화폰을 지급받고 경찰청장과 통화한 적도 처음 있는 일이었다.

청장님은 늦은 저녁 전화를 걸어왔다.
"국회 봉쇄 작전을 실시한다. 누구도 국회 안으로 들어가게 해서는 안 된다. 알겠나?"
내 예상이 맞았다. 드디어 세를 확장한 시위대가 국회 안으로 들어가려 했다. 나는 결의에 찬 목소리로 물었다.
"그렇다는 것은 무기 사용도 허락하시는 겁니까?"
"전원 실탄 사용 허가한다."
난 입가에 미소를 띠었다. 어머니가 말했던, 내가 지금까지 보고 들었던 것들을 증명할 기회였다.
사람들은 우리 고향을 이상하게 매도했다. 우리 지역을 비하하고 어리석은 인간들이 모여 사는 곳이라며 비웃었다. 내가 경찰 시험에 합격하고 서울로 오자마자 당해야만 했던 조롱이었다.

기동대원들도 그랬다. 말은 안 했지만 내가 종북과 선동에 대한 이야기를 할 때면 인상을 찌푸리거나 한숨을 쉬었다.
나만 다른 세상에 떨어진 기분이었다. 진실을 유일하게 알고 있는 사람이 나뿐이라는 외로움을 견뎌야만 했다.
이제 나를 무시하고 외면했던 사람들에게 증명할 수 있는 행운이 찾아왔다.

대통령이 계엄을 선포하기 전까지 시위대는 모여들지 않았다. 끝까지 국회를 지키겠다는 각오로 나섰지만 한산한 기운만이 국회에 감돌았다. 나는 불안해졌다. 이대로 평온한 밤이 지나간다면 대원들에게 웃음거리가 될 것이 뻔했다. 국회 봉쇄를 위해 버스에 오른 대원들에게 죽기를 불사할 각오를 다져달라 부탁했다. 종북 세력으로부터 국회를 지키기 위해 애국심을 불태우라 명령했다.
"비화폰까지 지급된 작전은 지금까지 한 차례도 없었다. 우리 모두 사명감을 가지고 반드시 종북 세력으로부터 국회를 지켜내자!"
다수의 기동대원은 가볍게 듣고 있었다. 나는 국회에 가면 대원들의 생각이 달라질 것임을 자신했다.
우린 버스로 차 벽을 만들고 국회 정문과 건물 안 진입로까지 완벽하게 차단했다. 추위 따위는 중요하지 않았다. 나는 오늘 기동대원들에게 종북 세력의 실체를 증명해야 했다.

점차 시간이 흘렀다. 하품을 하거나 추위에 떨며 손을 비비는 대원이 늘어났다.

'정말 종북 세력이 국회에 오지 않는 건가?'

내가 수십 년을 지켜온 사상에 의심이 찾아올 찰나였다. 한 대원이 휴대폰을 보다가 "어? 어?"하고 소리를 냈다. 나는 작전 중 핸드폰을 본 직원에게 성큼성큼 다가갔다.

"이봐! 대체 뭐 하고 있는 거야! 우리가 지금 놀러 나온 줄 알아!"

내 말은 보기 좋게 무시당했다. 대원은 나를 빤히 바라보며 죄송하단 말 대신 핸드폰을 건넸다. 영문도 모른 채 핸드폰을 받아 들었다. 실시간 긴급 뉴스가 포털 전제를 뒤덮었다. 대통령이 계엄령을 선포했다는 뉴스만이 인터넷을 지배하고 있었다. 머리가 띵해졌다. 나도 모르게 대원들에게 소리쳤다.

"종북 세력 척결 명령이 떨어졌다. 계엄령이 선포됐다. 모든 대원은 절저한 대비 내세를 갖수도록! 질대 국회가 뚫려시는 안 된다. 누군가 국회 안으로 침투하려 한다면 발포해도 좋다!"

대원들은 믿을 수 없다는 듯 서로 눈치를 주고받았다.

"정신 똑바로 안 차려! 우리가 지금까지 봐왔던 시위대들이 종북 선동 세력이었다는 것이 증명됐다! 오늘 우린 반드시 국회를 지킨다. 알겠나!"

국회 주변 공기가 빠르게 바뀌었다. 내 말이 떨어지기 무섭게 대원들의 행동이 빨라졌다. 아무도 없는 국회 앞을 뚫어져라 응시하며 방패로 막아섰다. 이제야 어리석은 젊은 직원들이 내 말을 믿고 따르게 됐다.

얼마나 지났을까? 저 멀리 사람들이 보이기 시작했다. 삼삼오오 모여든 종북 세력이 국회 안으로 들어가기 위해 결집하고 있었다. 나는 주저 없이 대원들에게 말했다.
"모두 종북 세력들이다. 가차 없이 막아서고 물러서지 않는다면 발포해도 좋다!"
대원들 사이에 갈등하는 모습이 포착됐다. 나는 강한 어투로 협박과 가까운 말을 꺼냈다.
"계엄이라는 건! 군법이 우선시되는 것이다! 우리 역시 별반 다르지 않다! 항명은 있을 수 없다! 알겠나!"
아무도 "네!"라고 대답하지 않았다. 대신 대통령이 나에게 엄청난 권한을 부여한다는 소식이 들려왔다. 통신을 담당한 직원이 버스에서 내려 달려왔다.
"대장님! 방금 대통령께서 포고문을 발표하셨습니다."
통신 담당 직원이 내게 포고문을 건네는 동시에 비화폰의 벨소리가 울렸다. 나는 포고문을 읽어 내려가며 전화를 받았다.
"네. 전화 받았습니다."

경찰청장이었다.
"모든 국회 활동과 정치 활동을 금한다는 포고문이 발표됐다. 국회 봉쇄에 사활을 걸도록!"
나는 정문을 지키는 대원들이 들을 수 있게 큰 소리로 대답했다.
"네! 전 대원에게 국회 봉쇄를 명하겠습니다! 반드시 막아내겠습니다!"
마침 시민들이 코앞까지 달려와 마주하고 있었다. 기동대가 충격 속에 갈등하는 사이 몇몇 시민들이 담장을 넘어갔다. 나는 대원들에게 다급히 말했다.
"당장 시민들 막아! 국회 경내 막고 있는 대원들에게도 막으라고 해!"
경찰청장이 말했다.
"절대 누구도 국회 안으로 들어가선 안 된다. 알겠나? 명령 불복종 시 항명죄로 다스린다고 전하도록! 곧 군대가 도착한다. 그때까지만 버텨주길 바란다."
"군대도요?"
나 역시 놀라 물었다. '군대까지 투입될 정도로 심각한 일은 아닌 거 같은데.'라는 판단이 머리를 스쳐 지나갔다. 무장하지 않은 시위대였다. 아무리 종북 세력이라고 해도 전문적인 전투 훈련은 받지 않은 듯했다. 그저 선동당한 무지한 시위대일 뿐이다. 몸싸움도 없었다. 그저 이리저리 기동대 눈치를 보다가 재빨리 담장을 넘어가는 수준이었다. 이런 허접하고 별 볼 일 없는 시위대 때문에 군대까지 동원한다는 게 납득되진 않았다.
내 말을 들은 앞에 있던 대원이 충격을 받은 듯했다.
"군대가 온답니까? 고작 맨몸으로 시위하고 있는 사람들을 상대로?"
나는 입을 꾹 닫았다. 청장이 말했다.
"계엄령이 떨어진 이상 우린 봉쇄 임무만을 전담한다. 모든 통제는 군인들이 한다. 군인들의 작전 수행을 최대한 돕도록 한다. 잊지 마라. 지금은 비상계엄 시국이다. 바로 전 기동대에 전달하도록!"
청장은 방금 한 말이 내 입을 통해 대원들에게 전해지길 바랐다. 내가 청장이 말한 내용을 앵무새처럼 따라하고 있는 도중 헬리콥터 여러 대가 국회 경내로 들어갔다. 청장이 헬기 소리를 듣더니 마지막으로 당부했다.
"군인들에게 무조건 협조해서 작전 수행에 차질 없도록 해! 절대 국회 안으로 누구도 들어가선 안 돼!"
통화가 끊겼다. 나는 대원들과 대치하고 있는 시위대 규모를 파악했다. 늦은 밤이라 겨우 수백 명만이 모여 있을 뿐이었다. 이 정도면 국회 외곽은 기동대만으로 막아낼 수 있다. 더군다나 전혀 무장하지 않은 인원들이다. 20대 젊은 여성들과 40대

남녀가 주를 이루고 있었다. 과격한 행동으로 맞설 기미는 보이지 않았다. 고작 핸드폰으로 주변을 촬영하는 것이 이들이 할 수 있는 전부였다. 폭력 시위로 발전될 위험은 전혀 감지되지 않았다.

"전원 철저하게 막고 있도록!"

나는 정신없이 국회 경내로 들어갔다. 국회로 침입한 몇 안 되는 시위대를 막아서야 했다. 다행히도 국회 건물 안으로 들어가는 입구는 전부 봉쇄되어 있었다. 숨을 고르고 뛰던 속도를 늦췄다. 헬기가 착륙한 곳과 기동대가 막아서고 있는 곳을 번갈아 보면서 걷고 있을 때였다. 내가 눈에 담고 있는 광경이 낯설어지고 있었다. 시위대가 군인들에게 달려가고 있었다. 나도 모르게 심장이 철렁 내려앉았다. 총을 들고 있는 군인들에게 맨몸으로 달려가고 있는 시위대가 위험해 보였다. '나는 누구를 보호해야 하지?'라는 고민에 빠졌다. 청장은 군인들에게 적극적으로 협조하라고 했지만 만약 군인들이 총을 발포한다면 마냥 군인들에게 협조할 수만은 없을 것 같았다.

나는 허리춤에 차고 있는 총을 만지작거렸다. '전혀 무장하지 않은 사람들을 보호하는 게 맞는 것 아닐까?'라는 윤리적 판단에 가까워지고 있었다. 그때 아찔한 명령이 떠올랐다. 나는 대원들에게 총기 사용을 허락 했던 것이다. '정말 기동대가 시위대를 향해 발포한다면 어찌 되는 걸까?'라는 물음이 끔찍한 장면을 연출했다. 애국심이 넘쳤던 머리와 가슴이 겁을 먹고 잔뜩 움츠러들었다. 복수심에 불타오른 흥분한 이성이 잘못된 명령을 내린 것 같았다.

나는 가슴 졸이며 군인들에게 달려가는 시위대에게 눈을 떼지 못했다.

곧 총소리가 울려 퍼질 것이다. 뛰어가서 말려야 했지만 발걸음은 쉽게 떨어지지 않았다. 청장의 명령과 내 신념이 옳다는 외침이 도덕적 행동을 막아서고 있었다. 내가 군인들을 막아선다면 반역자가 되는 것이다. 계엄을 부정하고 종북 세력을 부정하는 빨갱이로 전락하는 것이다. 저들은 선동꾼이자 국회를 침범한 범죄자 집단이다. 경찰 본연의 임부는 그런 자들을 막아서고 가두는 일이다. 그런데 나는 지금 범죄자를 보호하려는 의지로 군인들을 막아서려 한다. 있을 수 없는 일이다.

온몸이 식은땀으로 젖어 들었다. 눈앞에 펼쳐질 광경을 피하고 싶었다. 본능은 방어기제를 가동했다. 나는 눈을 질끈 감았다. 얼음장같이 몸이 굳어버린 상황에서 귀만은 예민하게 소리를 담아내려 했다.

눈을 감은지 꽤 오랜 시간이 흘렀다. 총소리는 들려오지 않았다.

차가운 바람 소리와 국회 정문에서 들려오는 시위대의 구호 소리만이 귓가를 울렸다. 방어적인 행동은 이내 궁금증으로 바뀌었다. 감았던 눈을 황급히 떠서 어찌 된 영문인지 확인했다. 군인들과 시위대가 서로 감싸안고 있었다. 잠시 안도의 마음이 찾아왔다. 하지만 계엄군이 항명을 하고 반란을 일으킨 장면이라는 걸 뒤늦게 깨달았다. 비상계엄을 부정한 군인들은 국가를 배신한 반란군이 됐다.

기동대가 반란군에 맞선다는 건 불가능했다. 겨우 권총 한 자루 들고 있는 우리와 완전 무장한 군인의 전투력은 하늘과 땅 차이였다. 그래도 모든 군인이 항명한 것은 아니었다. 다른 군 부대가 창문을 깨고 국회 안으로 진입했다는 무전을 받았다. 나는 군인과 얼싸안고 있는 시위대를 막아서기 위해 건물 안에 대기하던 기동대를 호출했다. 군대가 들어갔다면 건물 안 봉쇄는 무의미하다. 나는 국회 안 봉쇄를 맡았던 기동대를 활용해서 시위대의 발목을 붙잡을 심산이었다. 반란군과의 전면전은 불가능하지만 시위대를 막아서는 건 우리로도 충분했다.

서둘러 건물 안에 있던 대원들을 시위대가 모여 있는 위치로 이동시키고 있었다. 다시 비화폰이 울렸다.

"네. 청장님!"

청장이 급하게 말했다.

"지금 경내 쪽으로 지원 가야 할 것 같은데 몇 명이나 가능할까?"

"다행히도 무장한 시위대가 아닙니다. 경내는 충분히 막을 수 있습니다."

"아니, 경내에서 국회 밖으로 빼낼 수 있는 대원이 몇 명이나 되냐고."

"빼내다뇨?"

봉쇄 명령을 수행중인 기동대를 빼내다니? 이해할 수 없는 물음이었다. 청장이 서둘러 설명했다.

"국회의원 7명이 국회를 나갈 거다. 국민의 혼 당사로 이동할 건데 보호조치가 필요할 것 같다. 국회에서부터 당사까지 이동 경호를 포함, 국민의 혼 당사 입구를 막아설 인원이 필요하다. 그 정도 인원 차출 가능한가?"

"여당 의원님들이요? 지금 비상계엄 시국인데 국회에 계셔야 하지 않겠습니까? 저희가 봉쇄는 철저히 하고 있으니 안전은 걱정 안 하셔도 됩니다. 군인들도 국회 안으로 진입했다고 보고 받았습니다."

청장이 일방적으로 지시했다.

"국회에 있어봤자 할 일이 없다니까. 잔말 말고 당사로 경호 지원해. 국민의 혼 의원들은 당사로 모이기로 했다니까."

"네?"

나는 도무지 여당 의원들이나 청장의 의중이 파악되지 않았다. 비상계엄령이 선포됐는데 당사로 이동한다고? 말이 되는 소리던가?

"명령이야."
청장은 대답도 듣지 않고 전화를 끊었다.
종북 세력의 척결을 위해 비상계엄이 선포됐다. 야당의 국회의원 중 종북 세력과 연관된 자들이 계엄을 해제하기 위해 국회로 침입할 것이다. 여당 의원들은 그걸 막아서야 하지 않나? 우리 기동대는 종북 세력의 국회 침입을 막고 있는데 여당 의원들이 국회를 지키지 않고 당사로 이동한다는 게 이치에 맞는 건가? 내 이념 갈등이 달아오르려는데 또 전화가 걸려 왔다.
"네. 전화 받았습니다."
"저 국민의 혼 대표 추경효입니다. 청장님께 저희 경호 임무 전달 받으셨다는데요. 어디쯤 계십니까?"
"지금 국회 현관 근처입니다."
"거기 시위대들 있지 않나요? 그쪽 말고 다른 곳에서 합류해서 이동할까요?"
"저희가 기동대 투입해서 시위대 이동을 막고 있겠습니다."
추경효 의원이 능글맞은 웃음소리를 냈다.
"감사합니다. 기동대 인원 넉넉히 부탁드릴게요. 우리 의원들 전원이 당사로 모이기로 해서."
어떤 말을 전해야 할지 몰랐다. '걱정 마십시오.'라는 말이 왠지 모르게 불결해 보였다. 나는 가만히 전화를 끊었다. 찜찜하지만 무전기를 들었다.

"여당 국회의원 7명이 국회에서 당사로 이동한다. 20명의 이동 경호 인력과 당사 보초 인력 100명이 필요하다. 정문 이외 외곽 배치 대원 일부와 경내에 진입해 있는 대원은 합류 바란다. 신속히 움직이도록."
나는 명령을 하면서도 이게 옳은 명령이라는 단호함을 갖지 못했다.
내가 마음에 품고 있던 애국과는 전혀 다른 모습이었기 때문이다.

내가 기동대를 결집시켰다. 경호를 위해 이동하려는데 반란군이 된 군인 한 명이 나에게 뛰어왔다. 공격할 의사가 없다는 건 다가오는 행동과 표정이 알려주고 있었다. 그는 나에게 인사를 한 뒤 관등성명을 댔다.
"전 707부대 중사 박재형입니다. 어디로 이동하시는 겁니까?"
"기밀 사항입니다. 말씀드릴 수 없습니다."
반란군과의 대화가 불편했다. 그는 반감을 품은 나와 달리 쉽게 받아들였다.
"다른 뜻은 없습니다. 혹시 저희들과 시민들이 부딪히는 상황을 고려해서 조 편성 하신 건 아닌지 해서요."
내가 언짢은 내색을 비쳤다.
"우린 그런 명령받은 적 없습니다."

그는 정중하게 사과하며 안도했다.

"죄송합니다. 갑자기 많은 인원이 이동하시길래 여쭤봤습니다. 다행입니다."

다행이라니? 뭐가 다행이라는 건가? 청장이며 여당 의원이며 이젠 군인까지 내게 혼란을 주고 있었다. 나는 불쾌한 감정을 과감하게 드러냈다.

"서로 불편하게 묻지 말고 각자 맡은 임무를 하면 되는 겁니다."

"저희가 소속은 다르지만 임무는 같지 않겠습니까."

나는 염치없는 그를 노골적으로 노려봤다. 그가 미소를 유지한 채 덤덤하게 말했다.

"시민을 지키는 일이 우선이지 않겠습니까. 혹시나 저희와 시민들의 무력 충돌이 염려되어 조 편성 하신 거라면 그러지 않으셔도 됩니다. 저흰 계엄 해제되면 바로 부대로 복귀하겠습니다. 그때까지 조용히 대기하고 있겠습니다. 저희는 신경 쓰지 마시고 시민들이 다치지 않도록 신경 써주시길 부탁드립니다."

그는 다른 사람들과 달리 자신이 꺼낸 말에 대한 혼란을 정리해줬다. 내 얼굴이 화끈 달아올랐다. 그의 말에 뭔가 큰 죄를 짓고 있는 것 같았다. 그를 노려보던 눈빛을 급하게 거뒀다. 그의 말을 무시하고 기동대에게 명령했다.

"이동한다."

7명의 국회의원은 우리 경호를 받으며 국회 건물을 빠져나왔다. 경내로 나오자마자 시위대가 있는지 예민하게 살폈다. 아예 직접 명령도 내렸다. 의원들은 우리 중 몇 명에게 이동하는 길을 먼저 가서 살피도록 지시했다. 시위대가 있으면 우회하거나 기동대가 몸을 던져 막아달라고 부탁했다.

나는 의원들의 말과 행동을 받아들일 수 없었다.

국회를 지켜야 하는 여당 의원들은 국회를 빠져나가고 있다.

반대로 시위대는 국회를 지키기 위해 엄동설한의 추위에도 굴하지 않았다.

국회로 들어가기 위해 기동대와 몸싸움을 하는 야당 의원들의 얼굴은 처절함 자체였다.

반면 기동대의 보호를 받고 국회를 빠져나가는 여당 의원들의 얼굴은 웃음과 여유가 넘쳤다.

안전하게 국회를 빠져나왔다. 여의도를 걸어가고 있는 도중 장갑차를 막아선 시위대가 보였다. 한 여당 의원이 혀를 끌끌 차며 말했다.

"정신 빠진 새끼들."

군인들에게 이러면 안 된다며 손을 잡고 흐느끼는 시위대를 보며 한 여당의원이 눈살을 찌푸렸다.

"재수 없게 울고 자빠졌어."

기동대원의 방패를 부여잡고 "우린 같은 국민이다. 우리를 막지 말아 달라" 애원하며 매달리는 시위대를 한 여당의원이 한심하게 바라봤다.
"쑈를 하네. 쑈를 해."
군인의 총을 부여잡고 폭력만은 안 된다며 울부짖는 시위대를 보며 한 여당 의원이 비웃었다.
"목숨이 남아도나 봐."
기동대에게 야당 의원들만이라도 들어가게 해달라고 사정하는 시위대에게 한 여당 의원이 저주를 퍼부었다.
"처맞아봐야 저딴 말을 안 하지. 끌려가서 고문도 당해보고 해야 공권력 무서운 줄 알지."
그들의 이야기 속에 내가 지켜온 애국심이 하찮아지고 있었다.
내가 지켜온 애국심이 무력해지고 있었다.
내가 지켜온 애국심이 점점 실체를 드러내고 있었다.

당사에 거의 다다랐다. 큰길가 건널목에서 여당 의원들이 대기하고 있을 때였다.
한 여자가 우리에게 다가왔다. 다가오는 걸 알면서도 누구도 제지하지 않았다. 먼저 횡단보도에 대기하고 있었을뿐더러 우리를 경계하지도 않았기 때문이다.
그녀는 의미 없이 주위를 둘러보다 여당 의원들을 발견하고 기겁했다. 하긴 어느 누가 비상계엄이 선포됐는데 국회의원이 국회를 빠져나왔다고 상상이나 할 수 있을까?
그녀는 우리를 뚫고 들어왔다. 몸이 빠른 대원들이 그녀를 막아섰다. 그녀는 정신없이 의원들을 향해 소리쳤다.
"지금 여기 있으면 어떡해요! 가서 막아야죠! 당신들만이 막을 수 있잖아요!"
의원들은 대꾸 없이 신호등만을 응시했다. 여자는 지갑에서 신분증을 꺼내 나에게 보여줬다. 신분증은 이수진이라고 정확히 대한민국 국민임을 확인해 주고 있었다.
그녀가 내게 사정했다.
"나 경범죄 하나 없는 사람이에요! 당장 놔줘요!"
이어 여당 의원들에게도 사정했다.
"내 남편이 국회에 있어요! 당신들도 국회에 있어야죠! 왜 국회에서 이리로 걸어와요! 빨리 가서 계엄 막으라고요!"
의원들은 미동도 없이 신호등이 바뀌기만을 기다렸다. 그녀가 발버둥 치며 다가가려 했지만 소용없었다. 의원들은 신호등이 파란불로 바뀌자마자 빠른 걸음으로 건널목을 건넜다. 길을 건너며 추경효 대표가 나에게 말했다.
"아무래도 당사 보초 인력이 더 필요할 것 같습니다. 추가 인력 지원 요청하세요."
이내 추경효가 그녀에 대한 경멸을 표했다.

"빨갱이 새끼들."

당사에 거의 다다른 의원들은 안도하는 표정이 역력했다.
한 의원이 말했다.
"포고령 보면 국회는 폐쇄한다는 거잖아요. 그럼 앞으로 선거 안 하겠네?"
추경효 대표가 앞으로 벌어질 일을 상세하게 전했다.
"대통령이 국회를 대신할 비상 입법 기구를 창설한다는 거니까 선출직이 아닌 대통령 임명직으로 바꾸겠다는 겁니다. 그럼 선거할 필요가 없는 거죠."
대통령은 분명 부정선거가 있었다고 했다.
그걸 바로잡고자 하는 비상계엄이라고 했다.
대통령은 종북 세력이 국가를 전복시킬 위기에 있다고 했다.
그걸 바로 잡고자 종북 세력 척결을 위한 비상계엄이라고 했다.
지금 이들은 대통령이 비상계엄을 신포한 이유와 반대되는 말을 하고 있었다. 선출직이 아닌 임명직으로 입법 기구를 바꾼다고? 그런 방식의 나라 운영은 공산주의에 해당하는 반역 행위였다.
그들의 마지막 이야기가 내게 쐐기를 박았다.
한 의원이 추경효에게 확답을 원했다.

"그러니까 전두환 대통령 때처럼 한다는 거잖아요? 지금 윤 대통령이 한다는 시스템이... 부정선거가 있으니까 선관위는 폐쇄. 앞으로는 국회가 아닌 새로운 입법기구 창설하고 운영하겠다... 맞죠? 선거가 아닌 대통령 임명제로 의원들을 뽑아서요. 맞는 거죠?"
추경효는 주저 없이 말했다.
"네. 맞아요."
한 의원이 호탕하게 웃었다.
"이제 4년마다 굽신거릴 필요도 없겠네!"
7명의 여당 의원은 껄껄껄 웃었다.
추경효가 비밀 이야기를 들려줬다. 자기만 아는 재미난 이야기를 풀어놓는 모양새였다.
"대통령이 전화 오셨더라고. '추 대표. 내가 미리 말 못 해서 미안해. 150석만 넘지 않게 잘 한번 해줘 봐.' 그래서 내가 당사로 모이라고 문자 돌린 거예요."
한 의원이 추경효를 치켜세웠다.
"잘하셨어요. 나중에 추 대표님이라도 대통령께 들었으니 망정이지. 아니면 다들 놀라 자빠질 뻔했다니까요."
그들 중 그 누구도 대통령의 계엄 선포를 미리 알지 못했다.
교과서에서 배웠던 내용이 선명하게 떠올랐다. 계엄 전 정부는 국회에 통고해야 한다고 했다.

그들은 국회가 대통령에게 무시를 당한 상황에서도 웃음을 터트리고 있었다.

나는 애국 보수의 가치는 국가의 안위를 우선으로 자유에 대한 책임과 준법정신에서 발휘되는 정의라고 여겨왔다. 내가 가지고 있었던 애국 보수의 정신은 그들의 욕망이 비친 대화 속에 무너져 내리고 있었다.

나는 그들을 보며 40년이 넘도록 조작이라고 부정했던 근현대사 역사를 단번에 인정했다.

독재였다. 대통령 혼자 독단적으로 대한민국 사유화를 위해 선포한 계엄이었다.

나는 윤성렬의 독재를 위해 계엄 해제 권한을 가진 국회를 막아섰다.

국회에서 만난 박재형 중사의 말이 맴돌았다. 시민을 지키는 일. 그게 바로 우리의 할 일 아니냐고. 계엄이 해제되면 곧장 떠날 거라고.

건널목에서 만난 이수진이라는 시민이 말했었다.

국회를 지키기 위해 남편이 가 있다고. 국회의원이라면 그래야 하는 것 아니냐고. 빨리 가서 계엄을 해제해 달라고.

길에서 만난 모든 국민들이 그랬다.

장갑차를 막아선 시민도, 군인의 손을 잡고 흐느끼던 시민도, 기동대의 방패를 부여잡고 매달리던 시민도, 군인의 총부리를 잡고 울부짖던 시민도, 야당 의원만이라도 들어가게 해달라고 사정하던 시민도 단 하나만을 바라고 있었다.

'계엄 해제'

시민들은 유일하게 독재를 막을 수 있는 국회를 위해 목숨을 내던진 것이다. 그런 시민들에게 여당 의원들은 말했다.

"정신 빠진 새끼들."

"재수 없게 울고 자빠졌어."

"쑈를 하네. 쑈를 해."

"목숨이 남아도나 봐."

"처맞아봐야 저딴 말을 안 하지. 끌려가서 고문도 당해보고 해야 공권력 무서운 줄 알지."

"빨갱이 새끼들!"

나는 고작 이런 비겁한 이들을 위해, 독재가 선물해 줄 탐욕에 눈이 먼, 국민이 준 권리를 포기한 자들을 지키고 있었던 것이다.

나야말로 대한민국의 반역자였다.

어머니는 말했다.

전두환 대통령이 비상 입법 기구를 창설하려 했다는 건 거짓말이라고.

종북 좌파의 거짓된 역사를 배우는 거라고.

어떤 명분으로도 그럴 수 없는 거라고.
그럼에도 불구하고 좌파는 전두환 대통령을 역사의 죄인으로 만들었다고.

어머니는 말했다.
부정선거가 있었기에 바로 잡아야 한다고.
중국과 북한이 개입한 명백한 부정선거를 바로 잡아 올바른 선거제도를 만들어야 한다고.
그래야 국회가 깨끗해지고 국민을 위한 입법이 가능해진다고.
자유 대한민국을 지키기 위해선 반드시 선거 시스템을 손봐야 한다고.

그런데 그들 입으로 자백하고 있었다.
전두환은 비상 입법 기구를 만들려 했다. 그걸 윤성렬 대통령이 따라 하는 거다.
부정선거를 명분으로 선관위를 폐쇄하고 선출이 아닌 임명직으로 바꾼다.
이젠 선거를 위해 국민에게 머리 조아릴 필요가 없다.

대체 나의 애국은 누구를 위한 애국이었는가!

기동대가 병풍처럼 국민의 혼 당사를 막아섰다. 나는 국회로 터벅터벅 걸어갔다. 선택해야만 했다.

계속 국회를 봉쇄할 것인지 아니면 파면당하고 항명죄를 뒤집어쓰더라도 개방할 것이지.

복잡한 감정을 추스르기 위해 개인 핸드폰을 손에 쥐었다. 어머니께 전화하기 위해서였다. 몇 시간 동안 내 눈과 귀가 담아낸 진실을 어머니도 알아야만 했다. 어머니와 이야기를 나누면 선택이 쉬워질 것 같았다.

사실 이미 내 마음은 정해져 있었다. 우리가 인정하면 된다. 잘못된 역사 인식을 받아들이기만 하면 된다. 그저 어머니를 설득하고 싶었다. 우리의 잘못된 역사관이 만들어낸 비극을 인정하고 자식의 결단을 지지하고 응원해 주길 바랐다.

핸드폰을 열어보니 부재중 전화가 수십 통 와 있었다. 어머니였다. 나는 주저 없이 통화버튼을 눌렀다. 어머니가 전화를 받았다.

"내 새끼 괜찮냐?"

"괜찮아요."

"다 옳은 일인께 니는 그냥 명령에 잘 따르믄 된다잉."

어머니의 목소리가 파르르 떨려왔다. 나는 국회로 향하는 걸음을 멈추지 않았다.

"아니요. 그러면 안 될 것 같아요. 우리가 잘못했어요."

"니 그게 뭔 소리냐? 시방 높은 양반들 명령을 안 따르것다는 소리여? 니 제정신이여?"

"어머니. 제가 배운 게 거짓말이던데요. 어머니가 알고 있는 모든 게 거짓말이었다고요."

어머니가 버럭 화를 냈다.

"누가 그딴 소리 하디? 누구여! 어느 종북 새끼가 그딴 소리를 지껄이는 거여! 니 단단히 들어라잉. 그거 총 맞아 뒈질 소리여. 알것어! 그렸다간 너랑 나랑 여기서 발붙이고 못 산다고! 역적으로 몰려서 쫓겨난다고!"

쩌렁쩌렁 울리는 어머니의 노여움은 사정이 없었다. 나는 국회로 향하는 걸음을 멈추지 않았다.

나는 어머니가 애국자라 칭하던 사람들의 이름을 하나하나 나열했다. 어떤 거짓도 없이 그들의 역겨운 민낯을 고발했다.

"어머니가 뽑은 추경효 대표가 그러던데요."

어머니는 침묵했다.

"어머니가 애국 시민이라고 후원하던 의원들이 지들 입으로 그러던데요."

어머니는 침묵했다.

크나큰 쓰라림이 가슴을 새까맣게 태웠다. 나는 국회로 향하는 걸음을 멈추지 않았다. 국회와 내가 가까워질수록 어머니에 대한 원망이 커져갔다. 나는 태어나서 처음으로 어머니께 소리쳤다.

"전두환이 비상 입법 기구 설치하려 했다고 그러던데요! 어머니랑 제가 뽑은 그 새끼들이! 이제 우리한테 굽신거리지 않아도 된다고 좋아하던데요! 제가 직접 들었어요! 제가 직접 그놈들 경호해서 국회 빠져나가게 해 줬고! 어머니가 말하던 빨갱이들 국회 못 들어가게 막고 있다고요! 지금 제가요! 바로 제가요! 계엄 해제 못 하게 막아서고 있다고요!"

어머니는 침묵했다. 나는 국회로 향하는 걸음을 멈추지 않았다.

시민들이 무기를 든 공권력과 대치하고 있다. 시민 대부분은 눈물을 흘리며 애걸복걸 길을 열어 달라 사정하고 있다. 야당 의원들이 정문을 뚫어보려 했지만 견고한 방패는 절대 길을 내주지 않는다.

나는 국회로 향하는 걸음을 멈추지 않았다. 간절한 마음으로 어머니께 물었다.

"어머니. 저 어떻게 해요?"

어머니의 침묵이 깨졌다. 이윽고 가냘프고 구슬픈 소리가 들려왔다.

"니나... 나나... 참 가엽다."

어머니는 44년 동안 숨겨왔던 이야기를 들려줬다.

"내 동생이 하나 있었다. 여덟 살 터울이었는디. 내가 엎어 키

웠었다. 얼매나 귀여웠는지 모른다. 하나뿐인 동생인디 고등학생 때 죽었다. 그때 동생 나이가 17살이었다."
어머니의 이야기는 내게 큰 울림으로 해일과 같은 파도를 일으켰다.

:::

어머니는 광주에서 아버지가 사는 곳으로 시집오셨다. 아버지는 어머니의 전라도 사투리가 창피하다며 매일같이 구박했다. 아무리 연습해도 고쳐지지 않는 사투리로 인해 잦은 싸움이 일어났다. 항상 당하는 쪽은 어머니였다. 할아버지도, 아버지도, 비슷한 시집살이를 견뎌온 할머니조차 어머니 편이 아니었다. 심지어 동네 사람들까지 퉁명스럽게 말했다.
"거 현모 애미요. 고마 전라도 사투리 좀 고치라. 경상도에 왔옴 경상도 말을 써야지. 듣기 거북하다."
어머니는 항상 의기소침해 있었다. 나와 대화하는 일을 제외하고는 말을 아끼려 노력했다.
소심했던 어머니가 아버지와 심하게 다투신 날이 있었다. 예닐곱 살이던 나도 기억할 만큼 충격적인 날이었다. 다툼이라기보단 아버지의 일방적인 폭력이 어머니를 학대했던 날이었다. 더불어 할머니 할아버지를 포함 온 동네 사람이 어머니를 손가락

질하며 욕했던 날이었다.

어린 나는 어머니를 감싸지 못했다. 자칫 편을 들었다간 나도 어머니처럼 모진 구타와 욕설을 감당해야 한다는 걸 연약한 본능이 일깨워줬다.

어머니가 나를 데리고 광주에 갔다오려한 게 화근이었다. 어머니의 이야기 속에 흐릿했던 그날의 기억이 또렷하게 떠올랐다.

"총 맞아 뒈진 역적 놈의 집안을 왜 기어들어가노! 그것도 내 아를 데리고? 니 미칫나?"

"그래도 동생인디 어찌 그러요? 내 하나 뿐인 동생이잖소. 우리 현모도 삼촌 얼굴 한 번은 봐야지 않것소."

아버지는 굽히지 않는 어머니를 향해 재떨이를 던졌다. 재떨이는 어머니를 아슬아슬 피해 갔다. 아버지는 재떨이가 빗나가자 분을 못 참고 벌떡 일어나 어머니의 뺨을 갈겼다.

"요것 보게! 니! 그 짝 놈들 때문에 군인들이 얼마나 죽어갔는지 모르나? 북한 놈들과 같이 자유 민주주의를 파괴하려는 빨갱이들이다! 니 동생 놈도 간첩 새끼들 지령 받고 책가방에 폭탄 숨기고 자폭하려다 뒈진 거 아이가? 그런 종북 놈의 새끼 장례식을 간다꼬?"

아버지가 길길이 날뛰자 할아버지와 할머니까지 들어와 거들었다. 누구도 어머니를 감싸지 않았다. 반역자, 역적, 간첩, 빨갱이 내가 받아들이기 힘든 단어들이 쉴 새 없이 쏟아졌다.

끝내 동네까지 난리가 났다. 어머니는 피붙이 장례식은 봐야겠다며 나를 안고 집을 뛰쳐나갔다. 아버지는 길바닥에서 어머니의 머리채를 잡았다. 할아버지는 나를 빼앗아 안았고 할머니는 주저앉아 동네가 떠내려가라 울음을 터트렸다.
"아이고! 간첩 며느리 얻어서 동네 망신 다 당하네! 내 부끄러워서 어찌 사노! 이래서 종북 놈의 집안 것들 들이면 안 되는 건데. 내 대통령께 죄송해서 어찌 사노! 죽어간 군인들한테 면목 없어서 어찌 살아가노!"
동네 사람들이 하나둘 모여들었다. 아버지에게 머리채를 붙잡혀서 질질 끌려가는 어머니를 보며 한마디씩 했다.
"어렸을 때부터 종북 세력이랑 크면 저리되는 거 아니겠나."
"저게 사람이가! 폭동 일으켜서 뒈진 지 동생 보겠다고 간다는 게 말이나 되나?"
"내 같으믄 절대 저리 못 한다. 광주 놈들 때문에 대한민국이 망하기 직전까지 갔었는데 어찌 저리 뻔뻔한지 모르겠다."
"폭도들 때문에 우리가 얼마나 힘들게 살고 있는데, 내통령이랑 우리가 경제 살리겠다고 얼마나 지랄발광을 하고 있는데, 어찌 저리 악마 같노?"
아버지는 동네 사람들이 들으라는 듯 소리쳤다.
"내 오늘 이 종북 년 사상교육 못 시키면 같이 죽어버릴 테니까! 빨갱이년 집안에 들인 내 책임도 있는 거니까! 내한테 맡기고 들어들 가요."
그날 나는 작은아버지 댁에 맡겨졌다.

내가 어머니를 다시 만난 건 일주일 만이었다. 어머니는 나를 보자마자 꼭 껴안았다. 어머니 몸은 여기저기 멍투성이였다. 어머니는 전혀 개의치 않았다. 정신없이 나를 품에 안고 냄새를 맡았다. 그때 처음으로 모정이 얼마나 깊고 깊은 것인지 느낄 수 있었다.
아버지가 말했다.
"내는 두말 안 한다. 아새끼랑 같이 살고 싶으믄 니 애미 애비한테 배운 것부터 대갈통에서 지워뿌라. 니 대가리에 처박힌 썩어빠진 사상부터 뜯어 고쳐뿌란 말이다. 알겠나?"
아버지의 말에 어머니는 순한 양처럼 고분고분 고개를 끄덕였다. 아버지는 아직도 분이 남아있는지 고함을 쳤다.
"내 아도 니 동생처럼 대갈빡에 총 구녕 내게 만들지 말고! 우리 집안 역적 집안 만들지 말고! 알겠나?"
어머니는 어떤 변명도 하지 않았다. 그저 나를 품에 안고 강하게 고개를 끄덕이며 복종을 맹세했다.
그 뒤로 어머니는 변해갔다. 내가 아는 한 어머니는 단 한 번도 외갓집 식구들과 연락하지 않았다. 당신이 광주에서 살았던 흔적을 완벽하게 지워내려 애썼다. 사투리를 고치기 위해 연습도

하고 박정희와 노태우, 전두환 사진을 집에 걸어 놓기도 했다. 우리 집은 어느새 애국 시민의 집안으로 거듭났다.

아버지와 할아버지, 할머니는 그런 어머니를 흡족해했다. 동네 사람들도 참된 애국자라며 어머니를 칭찬했다.

: : :

"삼촌 제사는 한 번도 못 가신 거예요?"

어머니에게 확인하고 싶었다. 잔인하게도 어머니는 내 기억이 틀리지 않았음을 확인시켜 줬다.

"제사는 무신 놈의 제사. 네 외할머니랑 외할아버지 장례식도 못 갔는디."

심장 소리가 요동쳤다. 나는 왜 지금까지 외갓집에 대해 궁금해하지 않았을까? 어떻게 외할머니와 외할아버지의 안부조차 묻지 않고 살았을까?

어머니가 말해주기 전까지 외갓집 식구 중 어느 누구도 내 인생에 끼어들지 못했다. 온몸이 떨려왔다. 주체할 수 없는 죄의식이 몸과 마음을 지배했다. 나는 죄를 면책받기 위한 이기적인 마음으로 어머니를 탓했다.

"아버지 돌아가셨으면 가보셔도 됐잖아요. 한 번은 찾아뵙고 인사드렸어도 되는 거잖아요."

어머니는 꾹꾹 참아온 과거의 한을 풀어냈다.

"그랬다간 안 씨 집안 식구들이랑 동네 사람들이 날 가만히 놔뒀겠냐?"

"우리 둘이 떠났으면 됐잖아요."

"내 쫌 편하자고 자식새끼 앞길 망칠 일 있냐? 내 혼자 니를 어찌 대학까지 보냈것냐? 그려도 작은 아버지도 있고 고모도 있었응께 대학도 가고 경찰도 되고 한 거 아니여."

그랬다. 아버지는 재산 한 푼 물려주지 않은 채 돌아가셨다. 결국 친척들에게 의탁해야만 하는 가난이 어머니를 붙들었던 것이다.

"그려도 이짝 동네가 요상스런 종교처럼 정치를 믿긴 혀도 딱 하나만은 괜찮았어야."

어머니가 애써 좋았던 기억 하나쯤은 꺼내보려 노력했다.

"그게 뭔데요?"

어머니가 허탈한 웃음소리를 냈다.

"'우리가 남이가?...' 니 아버지 돌아가시고 나서 친척들이랑 동네 사람들이 항시 했던 말이여. 그러면서 학용품도 사주고 옷도 물려주고 했잖여. 이짝 사람들은 말이여. 박정희 좋아해주고 전두환 노태우 좋아해 주믄 잘해주긴 혔어."

"그래서 항상 밥상머리에서 그리 말씀하신 거예요? 저 키우시려고?"

어머니가 허탈한 웃음소리를 냈다.
나는 그동안 잊고 있었던 질문들을 쏟아냈다.
"억울하지도 않으세요? 외갓집 한 번 못 가셨으면서? 삼촌이 그렇게 돌아가셨는데도? 외할머니 외할아버지 임종도 못 지켰는데?"
어머니가 허탈한 웃음소리를 냈다.
"나는 괜찮여."
"뭐가 괜찮아요?"
어머니가 허탈한 웃음소리를 냈다.
"뭐가 괜찮긴. 그냥 괜찮지."
어머니는 기꺼이 나의 죄책감까지 안고 가려 했다. 미련하리만큼 웃기만 하며 참아내는 어머니를 보자니 화가 치밀어 올랐다. 어머니의 인생을 방관해 온 내가 용서되지 않았다.
"괜찮긴 뭐가 괜찮아요! 억울하셨잖아요! 평생 거짓말로 동생과 부모님까지 부정하며 살았잖아요!"
어머니가 허탈한 웃음소리를 냈다.
"긍께 말이여. 이젠 우리 새끼도 다 커서 서울 갔응께 나도 한 번 가볼까?"
어머니가 허탈한 웃음소리를 냈다.
"예전에는 말이여. 광주 가는 버스 번호를 달달달 외우고 있었거든? 근디 인자 까묵어 버렸지 뭐여. 니가 커서 이 동네 떠나은 나도 미련 없이 떠나버리려 했는디. 그라고는 당장 어머니랑 아버지랑 동생한티 달려가서 우리 현모 키우느라 늦었다고, 미안하다고 말하것다고 맹세했는디. 고걸 미련하게 까묵어 버렸네."

뒤늦게 알았다. 어머니의 허탈한 웃음은 훌쩍 지나버린 시간에 대한 죄스러운 마음이었음을. 내 원망에 대한 멋쩍은 마음이었음을.

설마 잊었겠는가! 아니다. 자식이란 존재로 인해 모욕적이고 치욕적인 그곳에 서슴없이 뿌리내리고 살아왔을 뿐이다. 잊은 척, 지워버린 척, 그저 죽은 듯이 살아온 것뿐이다.

어머니의 다음 말에서 그리움보다 더 큰 무언가가 가슴 깊숙한 곳에 잔류하고 있음을 깨달았다.

어머니가 허탈한 웃음소리를 냈다.

"근디 말이여. 버스 번호 알아도 못 가것다. 내가 평생 내 부모 형제를 거짓부렁하고 살았는디, 차마 볼 낯이 없다."

가족을 부인해 온 수십 년의 세월. 그래야만 자식을 키울 수 있었다. 당시 광주에 대한 인식은 그랬다. 역사가 제대로 평가받지 못했던 시절이었다. 내란범 전두환이 물러나자마자 내란범 노태우가 당선되던 시절이었다. 어머니는 고향과 가족을 밀어내야만 나를 지킬 수 있었던 것이다. 하지만 그것만으로는 어머니의 죄의식이 덜어지지 않았나 보다.

내가 구슬픈 소리를 냈다.
"어머니나 저나... 정말 가엽네요."
어머니가 허탈한 웃음소리를 냈다...
"근디 현모야. 참 신기허다."
"뭐가요?"
"이놈의 사투리는 절대 고쳐지지 않더라니께. 내가 얼매가 연습을 했는지 니도 알잖냐. 근디 헛바닥에 꿀을 발라놨나. 절대 바뀌지 않더라니께."
"그러게요. 정말 그러네요."
어머니가 허탈하게 그리움을 담아냈다.
"아마도 말이여. 네 삼촌이랑 할머니랑 할아버지랑... 꼭 한 번은 이러쿵저러쿵 얘기하고 싶었나 보다."
어머니가 허탈한 웃음소리를 내며 그리움을 담아냈다.
"사실 나도 말이여. 내 부모 형제가 무척이나 보고 싶다."
어머니가 그리움 안에 꼭꼭 숨겨놓은 무언가가 궁금했다.
"만나시면 어떤 이야기가 하고 싶으신데요?"
어머니가 허탈한 웃음소리를 내며 그리움 깊은 곳에 잔류하던 마음을 고백했다.
"내 동생! 참말로 자랑스럽네. 어머니! 아버지! 자식 하나 잘 낳으셨어요. 참 잘난 아들 뒀어요. 그러니 편히 쉬셔요. 내 동생은 이제 대한민국이 기억하는 사람이니께."

어머니는 삼촌을 자랑스러워했다. 삼촌 이름을 부끄럽게 여겨 본 적이 없었다. 하지만 천륜으로 맺어진, 역사에 정의로 새겨진 이름을 묻어두고 살아야만 했다. 어머니가 잠시 숨을 고르며 고백을 멈췄다. 나는 가만히 기다렸다.
어머니가 다시 허탈한 웃음소리를 내며 그리움과 자랑하고픈 마음 안에 감춰둔 고백을 이어갔다. 남몰래 하루도 빼놓지 않고 품어왔던 마음을 오늘에서야 비로소 꺼내고 있었다.
"사랑해요. 우리 엄마. 아빠. 자랑스러운 내 동생!"
우리 삼촌은 5.18 유공자였다.
나의 가족들은... 독재 속에서 자유민주주의를 지킨 애국자였다.
내가 복잡한 마음을 추스르고 말했다.
"어머니. 저도 오늘 어머니께 자랑스러운 자식이 되고 싶네요. 그럼 어머니가 훨훨 자유롭게 날아갈 수 있을 것 같아요."
"애미가 면목이 없다."
면목 없다는 말에 매일 밤 달님을 바라보며 멍하니 앉아 있던 어머니의 모습이 떠올랐다. 달님을 보며 버거운 무언가를 하루하루 삼켜내야 했을 어머니가 가엽고 가여웠다. 오늘 나는 어머니께 자유를 선물하기로 다짐했다.
"작전 끝나고 내려가겠습니다. 우리 광주가요. 인사드리고 싶어요. 삼촌께, 할머니 할아버지께... 저도 삼촌처럼 민주주의를 지켜냈다고 어머니가 직접 말씀해 주세요."

어머니의 바람과 염원은 나에게 강력한 투지를 안겼다. 나는 있는 힘껏 뛰어가며 무전기에 대고 소리쳤다.
"작전이 변경됐다. 국회 문을 개방한다. 야당 의원들이 국회의 사당까지 들어갈 수 있게 우리가 경호한다. 군 병력과 마찰은 최대한 줄이되 만약 군이 의원들을 위협하거나 막아선다면 총기 사용을 허가한다."
무전을 전달받은 대원들이 뛰어오는 나를 향해 일제히 시선을 고정했다. 나는 장갑차를 막아서고 있는 시민들을 향해 소리쳤다.
"위험하니 비켜서세요!"
장갑차에 타고 있는 군인들에게 말했다.
"국회로의 진입은 허용되지 않습니다. 계엄 해제 시까지 대기해 주시길 바랍니다."
상급자인 듯한 군인이 말했다.
"저흰 국회 안으로의 진입을 허가받았습니다."
"누가요? 대통령이요?"
"아마도요."
"국회는 삼권분립의 독립된 기구입니다. 군인이 들어갈 수 없습니다. 국회 경호를 맡고 있는 경찰 기동대로서 허가할 수 없습니다. 만약 들어가야 한다면 저희도 무력을 사용하겠습니다. 유혈사태를 막고 싶다면 계엄 해제 시까지 대기해 주십시오."
단호한 나의 말에 군인들이 당황했다. 장갑차를 막아서던 시민들이 환호했다. 나는 거침없이 대원들에게 뛰어갔다. 대원들은 내 명령에 의구심이 있었는지 아직 정문을 열지 않고 있었다. 시민들과 야당 의원들이 뒤섞여서 대원들에게 항의하고 있었다. 그중 건널목에서 마주친 이수진이란 여자가 옆에 있던 야당 의원의 팔을 붙들었다.
"제가 엎드릴게요. 제 등 밟고 뛰어넘으세요!"
그녀가 엎드리며 시민들에게 소리쳤다.
"여러분! 여기 경찰들 좀 막아주세요! 의원들 담장 넘어갈 수 있게 도와주세요!"
그녀 주위로 시민들이 몰려들었다. 그녀가 엎드려 계단을 만들었다. 시민들도 엎드리며 의원들이 담장을 넘어갈 수 있게 도와주려 했다. 대원들은 돌발 상황이 발생하자 당황했다. 한 대원이 방패로 시민들을 밀어내려 했다.
내가 고함을 질렀다.
"멈춰! 시민들에게 무력 사용을 허락하지 않는다!"
대원들이 멈칫했다. 야당 의원 몇몇이 담장을 넘으려다가 나를 바라봤다. 그녀도 엎드린 채 나를 올려다봤다.
"막지 마세요. 우리 남편 안에 있단 말이에요!"

내가 그녀를 일으켜 세우려 허리를 굽혔다.
"정문 열어드릴 거예요. 당당하게 들어가세요. 제가 만나게 해드릴게요."
믿을 수 없다는 얼굴을 한 그녀를 일으켜 세우며 야당 의원들에게도 말했다.
"저희가 경호하겠습니다. 경내 안은 작전에 항명하고 대기하고 있는 군인들도 있지만 국회 건물 안으로 들어간 군인들도 있습니다. 본회의장까지 안전하게 모시도록 하겠습니다."
의원들이 의심의 눈초리로 경계했다. 나는 보란 듯이 전 대원에게 명령을 내렸다.
"정문 열고 야당 의원님들을 경호한다! 우리가 본회의장까지 직접 경호를 맡는다. 국회 봉쇄 명령은 따르지 않는다. 우리 본연의 임무인 국회 경호 임무로 돌아간다!"
시민들이 박수를 쳤다. 나는 민중의 지팡이로써 당연한 의무를 대원들에게 당부했다.
"계엄이 해제될 때까지 우린 시민과 본회의장으로 이동하는 의원들을 반드시 지킨다!"
봉쇄 명령에 의기소침해 있던 대원들의 눈빛이 살아나고 있었다. 방황하는 누군가는 없었다. 처음으로 대원들이 내 명령에 우렁찬 화답을 해줬다.
"네! 알겠습니다!"

정문이 열렸다. 의원들과 시민들이 들어갔다. 머뭇거리던 군인들은 우리가 봉쇄를 해제하자 투지를 잃고 물리적 접촉을 피하려 했다. 국회 건물 출입을 막고 있던 대원들이 우리를 보며 고개를 갸우뚱했다. 그러면서도 방패를 내려놓고 길을 열었다. 그녀는 남편을 만날 수 있었다. 그녀와 남편은 서로를 부둥켜안았다. 내 입가에 미소가 지어졌다.

의원들을 경호하며 국회 본회의장으로 가는 복도를 걸어갈 때였다. 군인들이 보좌관으로 보이는 사람들과 대치하고 있었다. 복도 중간에는 책상과 의자가 길목을 막고 있었다.

의원들의 경호를 맡은 기동대원은 정문을 들어올 때보다 늘어나 있었다. 국회 경내 봉쇄를 맡았던 대원들까지 합류했기 때문이다. 이제 군인들보다 더 많은 인원이 복도를 가득 채웠다.

국회 직원들과 보좌관들은 우리를 보자마자 환호했다. 군인들은 무슨 일이냐는 물음 대신 복도 벽에 등을 가까이하며 길을 열어줬다.

냉정하게 말하자면 군인 한 사람이 가진 화기는 기동대원 10명을 상대할 수 있을 정도로 강력했다. 우리가 가진 무기라고는 곤봉과 권총, 방패가 전부였으니까. 방탄복 같은 방호복도 없었다. 만약 군인들이 적극적으로 대응한다면 몰살당하는 쪽은 우리라는 걸 잘 알고 있었다.

그런데도 불안하지 않았다. 두렵지 않았다. 군인들이 길을 열어줄 거라고 당연하게 생각하고 걸어갔다. 전투에 대한 의지 따위는 우리나 군인들에게 찾아보기 힘들었다.

우린 군인들에게 가벼운 목례로 감사를 전했다. 어떤 유혈사태도 없이 의원들은 본회의장으로 들어갔다.

사실 경호도 필요 없었다. 뒤늦게 도착한 의원들은 어떤 제지도 없이 본회의장으로 정신없이 뛰어 들어왔다. 잠옷을 입거나 운동복 차림의 의원들도 보였다. 정문이 개방된 지 15분도 채 지나지 않았는데 150여 명이 넘는 의원들이 본회의장으로 들어왔다. 기동대가 봉쇄를 풀었다는 소식이 방송을 통해 퍼져나갔다. 방송까지 보도되자 나머지 군인들 역시 자연스럽게 작전을 취소하고 계엄 해제를 위해 대기했다.

그 모습을 보며 생각했다.

'누구를 위한 계엄이었지? 군인도, 경찰도, 시민도, 의원들도 모두가 계엄을 반대하고 있는데 과연 누구를 위한 계엄이었을까?'

답을 찾을 가치도 없는 물음이었다. 대한민국 국민이라면 누구나 알고 있는 답이었기 때문이다.

국회 안에 있는 시민, 경찰, 군인들은 느긋하게 계엄 해제 투표를 기다리고 있었다. 난동을 부리거나 공권력으로 제재를 가해야 하는 질서 파괴자는 한 사람도 없었다.
그때 비화폰으로 청장의 전화가 걸려 왔다. 차분하게 전화를 받았다.
"너 이 새끼! 국회 봉쇄 뚫렸잖아! 뭐 하는 거야!"
내가 별일 아니라는 듯 말했다.
"계엄 막겠다는 시민들이 다치면 안 되지 않습니까. 우린 민중의 지팡이인데. 그 지팡이가 몽둥이가 되면 되겠습니까?"
"너 미쳤어! 제정신이야! 너 군법에서 항명죄가 가장 무거운 거 몰라!"
한참 시끄러운 소리를 듣고 있는데 국회의장의 목소리가 대한민국 전역에 울려 퍼졌다.
'계엄 해제 결의안이 가결되었습니다.'
국회 안과 밖은 "와!"하는 함성소리만이 가득했다. 내가 기쁨의 환호성과 함께 전화를 받았다.
"계엄 해제됐어. 내란범 새끼야."
청장이 노발대발했다.
"너 뭐라고 했어!"
내가 엄중하게 내란범을 향해 말했다.
"우리가 체포할 대상이 바로 당신과 대통령이라고. 못 알아듣겠어? 넌 내란범이고 대통령은 내란 수괴로 체포대상이라고."
더 이상 청장의 괴성은 들려오지 않았다. 내가 청장의 복잡할

머리를 깔끔하게 정리해 줬다.

"국회에서 계엄 해제 가결된 이상 내란범 새끼들, 우리 기동대가 체포할 거거든. 니들이 순순히 체포당하겠냐? 그러니 기동대가 투입되겠지? 기다려 완전 무장하고 가줄게."

한선영, 오현정

 사람들은 다름을 틀렸다고 말했다.
사람들은 주관식을 객관식이라 말했다.
사람들은 내 이야기를 들으려 하지 않았다.
나는 레즈비언이었기 때문이다.

한선영이 설 자리는 없었다.
학교에서도, 직장에서도, 친구들과 가족과의 관계에서까지 그녀를 이해해 주는 곳은 어디에도 없었다.
학교에선 성평등과 다양성의 존중을 가르쳤다. 하지만 그녀는 매주 특별 상담을 받아야만 했다.
직장에선 정체성보다 성과와 공존이 기업의 가치라 말했다. 하지만 그녀의 정체성이 밝혀지자 높은 직급의 아무개들은 '예쁜 얼굴이 아깝다.'라는 희롱과 혐오를 동시에 전했다.

친구들은 정체성과 우정은 상관없다 했다. 하지만 결혼을 하고 아이를 낳은 친구들은 그녀에게 아이를 보여주지 않았다.

가족들은 그녀가 어떤 잘못을 해도 이해하고 사랑했다. 하지만 그녀의 집안은 모태신앙을 자랑하는 개신교 집안이었다.

20대 후반의 그녀에겐 20대 초반의 사랑스러운 여자 친구 오현정이 있었다. 사람들의 돌팔매질이 있더라도 함께 맞는다면 충분히 견딜 수 있는 소중한 서로였다.

가족들은 20대 후반의 그녀를 결혼이라는 무기로 압박해 왔다. 부모님의 간절한 부탁에 억지로 선도 보고 소개팅도 했다. 착한 오현정은 그녀를 이해했다.

그러던 어느 날이었다. 그날도 부모님의 성화에 못 이겨 선을 봤던 날이다. 비가 오는 날이었다. 오현정에게 미안한 마음에 선보는 걸 숨겼던 날이기도 했다. 적당한 대화 속에 적당한 저녁을 먹고 적당한 시간을 허비하고 돌아서려 했다.

선을 볼 때 적당한 거리 유지가 중요하다. 호감으로 착각할 행동을 해서 애프터의 기미를 줘도 안 되지만 비호감의 감정을 노출해서 '여자 측에서 내가 마음에 안 드나 봐.'라는 말이 나와서도 안 된다.

부모님이 자식의 결혼을 포기하게 만들 수 있는 방법은 하나뿐이기 때문이다.

'내 딸이 남자를 밀어낸다.'라고 생각하게 되면 부모님은 딸의 정신 개조와 더불어 더 적극적으로 선을 권유하게 된다. 반면 '내 딸을 어떤 남자도 마음에 들어 하지 않는다.'라는 인식을 갖게 되면 반전이 일어난다. 오히려 딸의 눈치를 살피며 '그래 요즘 같은 시대에 혼자 사는 것도 좋은 선택이지.'라는 진보적인 포용력을 갖게 되는 것이다.

그녀는 간절히 바랐다. 앞으로 몇 번만 더 부모님의 요구를 들어주면 된다. 결국 포기하게 될 것이고 사랑하는 사람에게 미안한 일을 만들지 않을 수 있다.

그날도 여느 때와 다름없었다. 과도한 예의로 작별 인사를 하려 했다. 하필 주차장이 없는 식당에서 만났기 때문일까? 남자는 비가 온다며 주차장까지 데려다준다고 했다. 바로 앞 편의점에서 우산을 사면 된다고 말하려 했지만 남자는 이미 우산을 펴고 방긋 웃고 있었다.

남자와 그녀는 함께 걸었다. 남자는 그녀를 배려하기 위해 우산 밖으로 몸을 빼고 걸었다. 그녀가 말했다.

"겨울이라 비 맞으면 감기 걸려요. 안으로 들어와요."

이 말 한마디가 남자의 마음을 흔들었다. 누구나 했을 법한 염려가 남자에겐 크나큰 호감으로 다가왔다.

그녀는 지루한 선 자리가 끝나자마자 오현정에게 달려갔다. 함께 차 안에서 빗소리를 들으며 웃고 있을 때였다. 이렇게 잔잔한 뭔가를 공감하는 사이가 좋았다. 자동차 천장과 부딪히는 빗소리는 불규칙한 음악과 같았다. 한참 서로의 체온을 느끼고 있을 때였다. 분위기를 깨는 진동 소리가 전해졌다. 그녀의 전화였다. 그녀가 전화를 받지 않으려고 하자 사랑 가득한 오현정은 검지손가락을 자신의 입술에 갖다 댔다. 그녀가 방긋 웃으며 전화를 받았다.
"어. 엄마."
엄마의 목소리가 밝았다.
"오늘 선본 남자가 너 마음에 든다는데 왜 연락처를 안 주고 헤어졌어?"
격양된 목소리는 오현정의 귓가에도 전해졌다. 그녀의 얼굴에 당혹감이 묻어났다. 전혀 예상치 못한 말이었다. 항상 집에 가면 초조하게 "어떻게 됐어?"라고 묻던 엄마였다. 전화는 엄두도 내지 못했다. 혹시나 방해될까 눈치껏 거실 소파에 앉아 그녀가 들어올 때까지 기다렸었다. 그런 엄마가 전화를 걸어와 엉뚱한 소리를 하고 있었다.
어찌 된 영문인지 전혀 감이 잡히지 않았다. 그녀가 힐끗 오현정을 바라봤다. 오현정은 침착함을 유지하며 이어폰을 꽂고 핸드폰으로 음악을 찾고 있었다. 그녀가 다급하게 전화를 끊었다.
"엄마 나 지금 바빠. 이따 전화할게."
그녀가 전화를 끊자마자 오현정에게 뭔가를 말하려 했다. 오현정의 행동이 더 빨랐다. 오현정은 이어폰 한쪽을 그녀에게 주며 해맑게 웃었다.
"비 오는 날 함께 듣고 싶었어. 들어 봐."
오현정은 아주 오랫동안 음악을 들었다. 그녀가 변명할 기회를 놓칠 수 있도록 배려했다. 요즘 노래 장르에 대해 설명하기도 하고 좋아하는 가수 콘서트에 갔던 이야기를 들려주기도 했다. 아직 20대 초반답게 복잡한 연예인 팬덤 계보에 대해서도 알려줬다. 그렇게 오현정은 편의점 아르바이트 시간이 다가올 때까지 그녀가 어떤 변명도 꺼내는 걸 허락하지 않았다.

"시간 됐다. 나 알바 갔다가 바로 집으로 갈 거야. 피곤할 텐데 들어가서 쉬어."
오현정이 그녀의 손등에 입을 맞추고 내리려 했다. 그녀가 오현정의 팔을 잡았다.
"왜 물어보지 않아? 내가 누구랑 밥 먹었는지?"
오현정이 활짝 웃었다.
"믿으니까."
"자신 없어서는 아니고?"

"그것도 맞고."
"믿는 데 왜 자신이 없어?"
"나에 대한 자신이 없다는 거야. 언니 말고."
"너에 대한 자신이 왜 없는데?"
잘못은 그녀가 했는데 몰아붙이는 것도 그녀였다. 그럴수록 오현정은 환한 웃음으로 슬픔을 감췄다.
"아무것도 아니야. 나 알바 늦겠다. 가볼게."
"물어봐도 돼. 아니, 내가 말해야겠어. 내가 누굴 만났었냐면…"
오현정이 말을 잘랐다.
"언니가 좋은 사람 만났으면 좋겠어."
그녀가 황당한 표정을 지었다. 오현정은 여전히 웃음을 머금고 있었다. 눈은 아파죽겠다고 말하고 있는데 입은 미소와 함께 밝은 음성을 전했다.
"언니가 나랑 미래를 꿈꾸잖아? 모두에게 버림받아. 언니는 대기업 직장에 다니고 있고 부자인 아빠랑 엄마도 있잖아. 그걸 포기할 만큼 내가 좋은 사람은 아니야."
"무슨 소리를 하는 거야? 왜 그딴 소리를 해? 이미 회사는 알고 있고…"
이번에도 오현정은 그녀의 말을 과감하게 잘랐다.
"정체성은 인정할 수 있다? 근데 언니가 진짜 나랑 살잖아? 누구도 언니 편에 서주지 않아. 축하받고 싶다는 게 아니야. 언니가 사회에서 낙오될 거라고 말하는 거야. 철저하게 우리 둘만 남겨진다고. 그럼 어떻게 되는 줄 알아? 언니가 쌓아 올린 전부를 포기해야 해."
"우리 둘이 충분히 행복할 수 있다고."
"정체성만 포기하면 지금 누리는 언니의 모든 걸 지킬 수 있어. 나는 잃을 게 없지만 언니는 다르잖아. 나는 알바나 하면서 사는 인생이지만 언니는 많은 사람들이 기대하고 바라는 삶이 있잖아."
그녀도 모르게 오현정을 잡은 손에 힘이 들어갔다. 지금 차 문이 열린다면 다시 만나지 못할 것 같았다. 그녀의 인생을 걸 수 있다고 믿은 반려자다. 2년을 만나 오면서 어떤 다툼도 없었다. '이렇게 잘 맞고 이렇게 사랑해도 되는 걸까?' 싶을 정도로, 같은 공간에 있는 것만으로도 행복했다. 그녀가 오현정을 붙잡기 위해 물었다.
"지금 내가 얘기 안 하고 선봤다고 화난 거야? 그건 내가 잘못했어."
유치한 질문이었다. 그 때문이 아니라는 건 많이 배우고 조금 더 많이 살아온 그녀가 더 잘 알고 있었다. 어떤 말이라도 해서 차 안에 붙들고 싶었을 뿐이다.
오현정도 이미 눈치채고 있었다.

"언니. 헤어지자는 게 아니야. 언니가 정리될 때까지, 좋은 사람을 만날 때까진 함께 있을 거야. 대신 나로 인해 언니 인생을 버리지 말라는 말이야."
"너로 인해 내 인생을 버리다니? 무슨 말을 그렇게 해? 내 인생을 찾기 위해 널 사랑하는 거야."
오현정이 고개를 절레절레 흔들었다.
"아프지 말자. 언니가 아프지 않은 선택이 나에게도 가장 현명한 선택이니까."
오현정이 내렸다. 비가 점점 세차게 내렸다. 그녀도 내려 오현정이 편의점으로 뛰어가는 뒷모습을 멍하니 바라봤다. 내리는 비를 온몸으로 받아들인 그녀는 흠뻑 젖어갔다. 편의점으로 들어간 오현정이 그녀를 보고 놀라며 우산을 가지고 뛰어나왔다. 그녀가 많은 사람들 앞에서 오현정을 안았다.
"내가 아프지 않은 선택이 뭔지 결정할 순간인 것 같다."
오현정이 주위를 둘러보며 다급히 말했다.
"언니 이러면 안 돼."
그녀는 완강했다. 품 안에서 벗어나려는 오현정을 힘차게 끌어안았다.
"29년을 사람들에게 거짓말하고 살아왔거든? 근데 내가 나를 찾는 게 내 인생을 버려야 할 만큼 잘못된 거야? 그렇다면 거짓으로 쌓아 올린 29년을 버리고 나를 찾을 거야. 그게 내겐 훨씬 행복한 일이니까."
오현정은 웃음을 잃고 소리쳤다.
"언니. 그러면 안 된다고! 정신 차려!"
발버둥 치는 오현정을 끌어안고 그녀가 괴로웠던 과거를 끄집어냈다.
"날 인정하지 않는 사람들 사이에서 애써 아무렇지 않은 척 살아가는 게 지옥인 거야. 내가 뭘 해달라는 것도 아닌데 자기들 멋대로 이런 정체성은 인정 못 한다고 매장시키는 게 잘못인 거라고. 이러다가 나 진짜 죽어. 나 살자고 그러는 거니까. 신경 쓰지 마."
오현정의 몸에서 힘이 빠져나갔다. 그녀가 완강하게 나올 땐 어떤 설득도 불가능하다는 걸 잘 알고 있었다. 무언의 약속과 같은 단념이 전해지자 그녀도 손에 힘을 풀고 돌아섰다.
"이따 연락할게. 내 전화 기다려줘."
오현정이 말했다.
"예전에는 우리 같은 사람들을 돌로 쳐 죽였다고 했지? 근데 지금도 별반 다르지 않아. 철저하게 매장당할 거야. 언니가 알고 지낸 모든 사람으로부터. 가족들까지..."
그녀가 웃었다.
"그럼 우리 둘이 가족 하면 되겠네. 마음 맞는 사람끼리. 좋아하는 사람끼리. 너 정체성 고백하니까 가족들이 정신병원에 입

원시켰다고 했지? 그래서 고등학교 때부터 혼자 살아왔다고... 더 늦기 전에 둘이 살아보는 것도 괜찮지 않겠어? 난 괜찮은데..."

한선영은 다짐했다. 지긋지긋한 거짓 놀음을 멈추기로 했다. 인생의 선택권이 타인에게 쥐어져 있는 현실을 깨부수고 싶었다. 누군가를 사랑하는 게 죽을죄는 아니다. 행복하기 위해 행복을 주는 사람과 동행하고 싶다는 바람은 죄악이 아니란 말이다.
그녀의 논리에 항상 신앙이라는 믿음을 가진 자들이 공격해 왔다.
신앙인들이 진리라고 믿는 책에서 동성애는 가장 큰 죄악 중 하나라 했다. 그들은 신의 이름을 외치며 소돔과 고모라 지역의 멸망을 예로 들었다. 소돔과 고모라의 멸망은 동성애로 타락한 이들에게 내려진 저주라고 말했다.
회사 동료들만 봐도 그랬다. 평등과 사랑 실천이 가장 중요하다고 믿는 신앙인 동료들은 그녀에게 대놓고 말했다.
"그거 죄예요."
그때 알게 됐다. 그들이 말하는 사랑은 선택적인 사랑이었던 것이다. 자신들과 다르면 이단이요. 사탄이었다.
그녀는 그들에게 묻고 싶었다.

'당신들이 믿는 성경에선 인간은 전부 죄인이라 말하지 않나요?'
진리를 담았다는 책을 믿는 자들은 하나 같이 '네.'라고 말한다.
'그리고 정죄하지 말라 하지 않나요?'
진리를 담았다는 책을 믿는 자들은 하나 같이 '네.'라고 말한다.
'결론은 우린 같은 죄인이잖아요. 그런데 왜 당신은 나를 정죄하나요?'
신앙인들은 이 물음에 언제나 해괴망측한 답으로 대신했다.
'생각하지 말라. 묻지 말고 믿어라. 그냥 믿는 것이 진정한 믿음이다.'
중요한 건 그녀의 아버지 역시 오류투성이인 믿음의 사람을 자처했다.
아버지는 동성애를 혐오했다. 가진 것 없는 사람들을 무시했다. 독재와 군사정권을 찬양하는 목사를 존경했고 폭력을 옹호했다.
아버지는 진리의 책에 기록된 사랑으로 가득한, 죄인들의 죄를 사하여주기 위해 죽음을 선택한 신을 전혀 닮지 않았다. 신이 강조한 네 이웃을 사랑하라는 말도 따르지 않았다. 그럼에도 불구하고 신앙인이라고 했다. 믿음의 사람이며 빛의 자식이라

했다.

때마침 그녀의 아버지가 전화를 걸어왔다.

"애비다."

전화기 건너편으로 술 냄새가 진동했다.

"어디냐? 왜 아직도 안 들어와? 엄마 말 들어보니..."

그녀가 화제를 돌리기 위해 끼어들었다.

"술 드셨어요?"

역시나 그녀의 예상이 맞았다.

"어. 좀 마셨다."

"많이 취하셨는데요. 늦게까지 드셨나 봐요."

아버지는 술을 마시고 늦을 수밖에 없었던 정당성을 앞뒤 맥락 없이 주장했다.

"좀 취했다. 근데 지금까지 마신 건 아니고, 대리하는 자식이 중간에 차를 두고 그냥 가버렸어. 내가 오늘 목사님하고 기분 좋게 한잔하고 들어가는 길인데 말이야. 근데 그게 중요한 건 아니고. 우리 목사님이 매일 애국 기도 하셨었거든? 근데 그게 신기하게도 이뤄지데. 역시 사람은 믿음이 있어야 해. 그래서 마실 땐 멀쩡했는데 기도가 이뤄진 거 알고 나서 확 취해버렸다!"

취하지 말라. 아버지는 또 신의 말씀을 어겼다. 돌아보니 그랬다. 그녀는 성경에 쓰인 대부분의 말씀을 지키고 살았다. 내 이

웃을 사랑했고 취하지 않았으며 이웃의 물건을 탐하지도 않았다. 신앙인이 반드시 지켜야 할 십계명도 어긴 적이 없었다. 굳이 하나를 찾자면 동성을 사랑했다는 것뿐이다.
그녀의 아버지는 어떠한가?
이성을 사랑했다는 걸 빼고는 말씀과 완전히 반대되는 인생을 살았다.
그녀가 횡설수설하고 있는 아버지에게 물었다.
"아빠. 신은 우리의 죄를 사하여주기 위해 십자가에 못 박히신 거죠?"
아버지는 위엄 있게 말했다.
"그렇지. 우리 죄인들을 위해 돌아가셨지."
"오늘 술 드신 것도 주일날 교회 가서 회개하시겠네요?"
아버지가 웃었다.
"그래. 매일매일 이 죄인은 회개한다. 그러니까 너도 교회 좀 같이 가자. 우리가 잘 사는 것도 목사님이랑 주님 때문이니까. 교회 가서 목사님한테 인사도 드리고."
"어떤 죄든 용서해 주신대요?"
아버지가 자신했다.
"그럼! 어떤 죄든 주님의 보혈이 씻어주시지! 그리고 기도하면 반드시 응답해 주시고!"
신호등이 빨간불로 바뀌었다. 그녀가 차를 멈추고 두 손을 가지런히 모았다.
'주님. 나를 용서하소서. 그리고 내 사랑을 이뤄주소서! 혐오의 시대를 끝내주소서!'
짧은 기도를 끝내고 눈을 떴다. 어떤 응답도 전해지지 않았다. 아버지가 '여보세요?'라고 재촉했다. 그녀가 차분히 신호를 기다리며 실망을 드러냈다.
"나는 기도해도 들어주지 않나 봐요."
"에이! 영적 지도자랑 함께해야 주님이 더 잘 들어주시지. 이번 주에 목사님 광화문에서 기도 집회하신다니 같이 가자. 가서 같이 기도 하면 주님께서 백 프로 들어주시니까."
그녀가 형식적으로 물었다.
"목사님은 무슨 기도 집회하는데요?"
아버지는 신이 나 떠들었다.
"목사님이 이번에 대한민국 살려달라고 매주 교회에서 작전 기도했거든? 근데 진짜 계엄이 터졌잖아. 아쉽게도 두 시간 만에 해제되긴 했는데 우리가 기도가 부족해서 그런 거 같다더라. 이번에는 교회 연합이 광화문에 전부 모여서 애국 예배드린대. 우리도 가서 기도도 하고 헌금도 해서 힘을 보태야지."
그녀가 정신이 번쩍 들었다.
"계엄이요?"
"왜? 몰랐어?"

"아버지 저 회사에 놓고 온 게 있어서 좀 늦을 듯해요."
"어차피 내일 출근하잖아. 큰일이야? 아빠가 부장한테 전화 한 통 넣어줘? 일단 들어와서 선본 이야기 좀 해봐."
"아니요. 개인적인 물건인데 중요한 거예요. 전화 드릴게요. 주무시고 계세요."
그녀가 전화를 끊고 도로변에 차를 급히 세웠다. 핸드폰으로 뉴스를 봤다. 온통 계엄 뉴스 뿐이었다. 헛웃음이 났다. 어이가 없었다. 끝내 참지 못하고 깔깔깔 웃으며 배를 붙잡았다. 한참 웃고 있는데 오현정의 문자가 전해졌다. 그녀가 집에 가서 한바탕 뒤집어 놓을까 봐 걱정하는 문자였다. 그녀가 전화를 걸었다. 단번에 목소리가 전해졌다.
"언니 어디야?"
그녀가 웃으며 말했다.
"뉴스 봤어?"
"아니. 오자마자 물건 들어와서 옮기고 언니한테 문자 보낸 거아. 왜 웃어?"
그녀가 계속 웃으며 말했다.
"계엄령 떨어졌었대. 근데 두 시간 만에 해제됐대. 이게 뭔 일이래니?"
오현정이 무슨 뜻인지 몰라 물었다.
"계엄? 전두환 때 했었던 그 계엄?"

"그래. 그 계엄."
"그게 왜 떨어져?"
"윤성렬 이 등신이 그랬단다. 이것도 술 마시고 그랬을까? 매일 술 마신다잖아."
오현정은 말없이 뉴스를 확인했다. 그녀가 얌전히 기다리며 통쾌한 웃음을 수화기로 들려줬다. 얼마 후 오현정도 웃음을 터트렸다.
"뭐야? 이거 진짜야? 우리나라 포털 해킹 당한 거 아니고?"
"진짜 미친 거 아니냐? 와! 내가 몇 년 만에 이렇게 웃어보네."
그녀는 눈물까지 흘리며 웃고 있었다.
오현정도 마찬가지였다. 손님이 있는데도 참지 못하고 웃음소리를 냈다. 대학생으로 보이는 손님이 오현정을 힐끔 바라볼 정도로 소리가 컸다.
"언니. 계엄 이거 실화 맞지? 정말 맞지?"
오현정의 말을 엿들은 손님도 헛웃음 속에 계산을 위해 다가왔다.
"진짜 계엄 맞아요. 윤 씨가 개그 한 번 제대로 했죠?"
손님이 그녀 대신 확인시켜 줬다. 오현정이 '와! 대박!'이라고 말하며 물건의 바코드를 찍었다. 손님이 계산을 하고 나가며 말했다.
"윤 씨 때문에 살기 힘들었는데 이렇게 웃어보기도 하네요. 수

고하세요."

오현정도 인사를 하고 그녀에게 말했다.

"와! 이거 완전 쑈킹해. 완전 대박이야."

그녀가 웃음을 참으며 말했다.

"근데 아직 계엄 해제된 건 아닌가 봐. 국회에서 계엄 해제한다고 대통령실 쪽으로 공문 보냈는데 대통령이 아직 해제 안 한 거 같아."

오현정이 웃음을 거두고 말했다.

"그럼 어떻게 되는 건데?"

"나도 잘 모르긴 한데 뉴스 보니까 국회에서 해제하는 즉시 대통령은 그걸 발표해야 한대. 일단 해제를 막을 권한은 없고 발표해야 한다니 사실상 해제된 것 같긴 해."

오현정은 대통령을 믿지 못했다.

"윤 모지리잖아. 술 마시고 미친 척 계엄 해제 씹는 거 아니야?"

그녀가 번뜩이는 뭔가를 떠올리며 말했다.

"그럼 우리 지금 국회 가볼래?"

"나 알바 끝나려면 멀었는데…"

"하루 정도는 사장님이 봐줄 수 있다고 언제든 말하라고 하지 않았었나?"

"그렇긴 한데…"

"걱정되잖아. 국회도, 나도…"
"…."
"윤 모지리가 술 마시고 무슨 일 벌일지 걱정되고, 내가 가족들에게 쏴 붙일 것도 두렵잖아."
"잘 아네."
"아빠가 술 마셔서 말할 기회도 놓쳤겠다. 그냥 국회나 가자."
그녀가 차를 돌려 오현정에게로 향했다. 이미 허락할 것을 알고 있었다. 오현정은 사장님에게 문자를 보내며 공감했다.
"잘 생각했어."
그녀가 자기 위안과 기대를 전했다.
"근데 윤 모지리는 왜 자폭을 하고 난리야? 차라리 잘됐어. 대통령 임기 2년 넘게 남아서 짜증났는데 스스로 자살골 넣어 주네. 이제 정권 바뀌면 조금은 살만하지 않을까? 지긋지긋했잖아."
편의점 사장이 무슨 일이냐고 물었다. 오현정은 국회에 갈 거라고 답장했다. 곧장 사장이 '오케이!'라고 흔쾌히 허락했다.
"최소한 길거리에서 우릴 혐오하진 않겠지. 지금 당장은 그걸로 만족해."
오현정의 말에 그녀는 소름이 돋았다. 뜻밖의 이야기였다. 그녀는 현 정권의 부정부패가 사라질 거란 기대감으로 한 말이었다. 그런데 오현정은 동성애 혐오를 말하고 있었다. 맞다. 현 정권에서 힘을 키운 보수주의자들이나 개신교 집회에 가면 어김없이 동성애를 혐오했다.
그녀가 말했다.
"현정아."
"응?"
"신이 내 기도를 들어줬나 보다."
오현정이 영문을 몰라 "무슨 기도?"라고 물었다. 그녀가 혼잣말을 했다.
"응답이 있긴 있네."
"뭐야? 무슨 말이야?"
그녀가 기적의 희망을 품고 달려갔다.
"30분이면 정리하지? 기다려. 금방 갈게."

오현정은 마감을 준비하고 있었다. 사장님이 오기로 한 시간과 그녀가 오기로 한 시간이 얼추 맞아 떨어졌다. 오현정은 사장님이 잡일로 피곤하지 않도록 정리와 체크를 빠르게 진행했다. 카운터까지 완벽하게 정산을 끝내놓자 25분 정도가 흘러가고 있었다. 몸을 바삐 움직였더니 이마에 땀이 송골송골 맺혔다. 비는 언제 그쳤는지 달빛이 아주 밝았다. 문득 '국회에도 비가 왔을까?'라는 궁금증이 생겼다. 동시에 '아까 그녀가 말한 신이 들어준 기도라는 건 뭐지?'라는 궁금증도 따라왔다.

오현정과 그녀는 개신교를 싫어했다. 다른 나라는 모르겠지만 대한민국에선 동성애를 혐오하는 유일한 종교였다. 개신교 단체가 주관하는 광화문 집회엔 어김없이 동성애자를 돌로 쳐 죽이라는 문구가 적혀있었다. 온갖 야설스러운 말로 희롱하는 건 물론이요, 수치심을 넘어선 자괴감까지 안기는 표독스러운 말을 서슴없이 내뱉었다.
그들은 말한다. 퀴어 축제야 말로 사탄의 자식들이 만든 쾌락의 축제라고. 한때는 그랬다.
기독교도 천주교와 정교, 개신교 등 여러 계파가 있다. 그 계파 중에도 개신교는 다시 여러 종파로 나뉜다. 퀴어도 마찬가지였다. 같은 동성애자지만 추구하는 바가 다른 여러 단체와 개인이 모이다 보니 눈꼴사나운 장면들이 연출되기도 했다. 하지만 자성의 목소리가 높아졌고 지금의 퀴어 축제는 예전과는 확실히 달라졌다. 남녀노소 누구나 참여 가능한 행사를 지향하며 일반적인 축제로 탈바꿈한 것이다. 몇 해 동안의 경험을 통해 그들은 사회로부터 인정받기 위한 타협과 공존의 축제로 퀴어를 발전시켜 왔다.
반대로 개신교계는 해가 지날수록 동성애를 핍박하는 데 앞장섰다. 급격하게 성장한 개신교의 동성애 혐오는 그들과 뜻을 같이하는 보수단체와의 연대로 세를 확장했다. 어느새 동성애를 혐오하는 곳에는 종북과 간첩을 때려잡자는 문구도 공존했다. 동성애자와 좌파들은 그들에게 있어서 결단코 용서하지 못할 죄악으로 인정됐다.

신의 이름으로 떳떳하게 자행된 혐오는 태극기와 성조기, 성경을 하나로 연결시켰다.

혐오의 표현이 자극적일수록 태극기 부대를 이끄는 리더들의 주머니는 무거워졌다. 광화문에서 주님을 부르짖기만 하면 아멘이란 순종의 단어가 우렁차게 울려 퍼졌다. 어느새 광화문은 거대한 신흥 이단 집단의 성지로 변해갔다.

독실한 개신교 집안에서 나고 자란 그녀가 주님을 버린 것도, 주님이 그녀를 버린 것도 아니었다. 주님을 부르짖는 자들에게서 그녀는 버림받았을 뿐이다. 성경 어디를 보아도 주님은 제자들을 먼저 내치지 아니하였다. 이방인도, 동성애자도, 창녀도, 간음한 여인도 절대 밀어내지 아니하였다. 성경을 진리로 받아들인 그녀는, 그녀를 그렇게 창조하신 주님의 뜻이 있다고 굳게 믿었다.

신실한 그녀의 신앙을 짓밟은 건 바로 목사와 신실한 신앙을 자랑으로 내세운 아버지였다.

그녀가 대학교 시절부터 목사는 광화문에 나가 애국 예배를 드렸다. 교회에서 사랑과 봉사를 설교하기보다, 광화문에 플라스틱 의자를 깔아놓고 동성애와 종북 세력을 척결하자는 혐오를 조장하는 데 앞장섰다. 교회에 있을 때보다 훨씬 많은 신자들이 모여들었다. 마치 뭔가 벼르고 온 사람들처럼 욕설과 살의를 무차별적으로 토해냈다. 광기가 모이자 정치인들이 꼬였다. 목사는 정치인들을 이용하여 더욱 세를 넓혀갔다. 어쩌면 아버지의 믿음은 목사가 자랑하는 인맥에서 비롯한 신뢰였을 것이다. 아버지의 사업은 정치인들이 광화문으로 목사를 찾아오면서 번창했으니까. 맹목적인 믿음이 아니었다는 말이다. 공존이 존재하지 않았다면 존재하지 않았을 믿음이었다.

아버지도, 목사도, 정치인도 광화문에 모이는 이유는 딱 하나였다.

주 예수 그리스도의 이름으로 혐오를 말하고, 주 예수 그리스도의 이름으로 혐오를 명한다.

주 예수 그리스도의 이름으로 혐오를 퍼뜨리고, 주 예수 그리스도의 이름으로 혐오를 복음이라 말한다.

그리하면 아버지와 목사와 정치인은 주 예수 그리스도의 이름이 가져다준 돈과 지지 세력으로 욕망을 채울 수 있었다.

"남을 판단하지 마라. 그러면 너희도 판단 받지 않을 것이다. 너희가 판단하는 대로 너희도 하나님의 심판을 받을 것이고 남을 저울질하는 대로 너희도 저울질당할 것이다. 너는 어찌하여 형제의 눈 속에 있는 티는 보면서 네 눈 속에 있는 들보는 깨닫지 못하느냐? 내 눈 속에 들보가 있는데 어떻게 형제에게 '가만네 눈에서 티를 빼내 주겠다.'하고 말할 수 있느냐? 이 위선자야! 먼저 네 눈에서 들보를 빼내어라. 그래야 네가 뚜렷이 보고 형제의 눈에서 티를 빼낼 수 있을 것이다."-마태복음 7장 1절 ~5절

"너희는 거짓 예언자들을 조심하여라. 그들은 양의 탈을 쓰고 너희에게 나타나지만 속에는 사나운 이리가 들어 있다."-마태복음 7장 15절.

"나더러 주님! 주님! 하고 부른다고 다 하늘나라에 들어가는 것이 아니다. 하늘에 계신 내 아버지의 뜻을 실천하는 사람이라야 들어간다. 그날에는 많은 사람이 나를 보고 '주님! 주님! 우리가 주님의 이름으로 마귀를 쫓아내고 또 주님의 이름으로 많은 기적을 행하지 않았습니까?' 라고 말할 것이다. 그러나 그때에 나는 분명히 그들에게 '악한 일을 일삼은 자들아 나에게서 물러가라. 나는 너희를 도무지 알지 못한다.'고 말할 것이다."
-마태복음 7장 21절~23절.

광화문에선 성경에 쓰인 그 어떤 말씀도 지켜지지 않았다.
광화문에 집결한 이들을 이끄는 것은 증오와 폭력, 멸시와 광기, 경멸과 차별이었다.

광화문에 예수를 닮은 사람은 없었다. 만약 예수가 하늘에서 광화문으로 내려와 "악한 일을 일삼은 자들아! 나에게서 물러가라. 나는 너희를 도무지 알지 못한다."라고 말한다면 예수마저 빨갱이라 욕할 것 같았다.
마치 광화문은 악마가 만들어 놓은 놀이터 같았다.

이 모든 과정을 지켜본 그녀가 말하고 있었다. 기도가 이뤄졌고 응답받았단다. 오현정은 이해가 가지 않았다. 그녀는 절대 기도로 간구하거나 신에게 매달릴 사람이 아니었다. 그럼에도 불구하고 오현정은 그녀의 말을 신뢰했다. 사랑하는 이가 말했기 때문이다. 신뢰가 가져다준 믿음은 편의점 안에서도 이어졌다.
오현정이 시계를 봤다. 1분 정도 짧은 여유가 있었다. 주위를 두리번거리더니 공손히 두 손을 모았다. 천국에서만 볼 수 있을 것 같은 사랑스러운 미소로 신께 말했다.
"언니의 기도를 들어주셔서 감사합니다. 전 예수님을 믿지 않았는데요. 주님은 언제나 옳은 일을 하신다고 TV에서 본 기억이 있어요. 단지 옳은 일을 직접 하시기보다 우리를 통해서 행하신다고 했던 것 같아요. 이번에도 그런 거죠? 처음으로 믿을게요. 우리를 계획하셨음을!"
그녀가 들어왔다. 거의 동시에 사장님도 들어왔다. 오현정이 자리에서 일어나 사장님에게 인사했다.
"저 바로 가볼게요."
사장님이 웃으며 말했다.
"몸조심하고 데이트 잘해."
그녀와 오현정이 놀라며 사장님을 바라봤다. 사장님이 두 사람에게 따뜻한 캔 커피를 쥐여줬다.
"두 사람 딱 30초만 기다려줘."
사장님은 준비해 온 쇼핑백에 진열된 도시락을 가득 담아 오현정에게 건넸다.
"내가 하루 정도는 가게 봐준다고 했었잖아? 난 둘이 좋은 시간 보냈으면 하는 바람으로 봐준다는 거였는데 국회 간다고 해서 실망했었거든. 근데 아쉬운 대로 같이 가는 거 같으니 헛수고는 아닌 것 같네. 여의도는 시간이 늦어서 뭐 사 먹을 데도 없어. 둘이 차에 자주 있던데 도시락이라도 먹고."
연인이 처음으로 받아보는 응원이었다. 둘은 동시에 눈을 마주하고 같은 생각을 했다.
'정말 신이 있나 보다!'
신에게 죄인은 별반 다르지 않다. 동성애자나 다른 누구나 똑같은 죄인일 뿐이다. 태어나면서부터 원죄를 안고 태어난 인간이기 때문이다. 그런 인간의 모든 죄를 사하기 위해 십자가에 못 박힌 신이 바로 주 예수 그리스도였다.

신에게 동성애자란 사실은 중요하지 않다.
신은 탐욕을 위해 주 예수 그리스도를 외치고 아멘을 부르짖는 자의 기도를 들어주지 않는다.
신은 자신을 닮은 사랑으로 자신의 이름을 찾는 자의 기도에 응답할 뿐이다.
천국의 문은 광화문에서 주여! 주여! 부르짖는 자들에게 열리지 않는다.

국회 앞은 사람들로 분주했다. 그녀가 차로 쓱 돌아보더니 난감해했다.
"주차 못 하겠다. 한강 쪽에 주차하고 걸어야 할 것 같은데 괜찮겠어?"
오현정은 긍정을 전했다.
"응. 근데 사람들 배고프겠다. 정말 이 시간 여의도는 가게들이 다 문을 닫네. 도시락 넉넉하니까 사람들도 나눠 줄까?"
그녀가 고개를 끄덕였다. 오현정은 또 뭔가 떠오른 듯 급하게 말을 이었다.
"언니. 나 예전에 콘서트 갔다가 올 때 언니가 데리러 왔잖아."
"어. 왜?"
"그때 내 꺼랑 친구 꺼 응원봉 놓고 내렸었잖아. 차에 있지?"
"맞다! 트렁크에 있어."

"그거 가지고 나가자."
"왜?"
오현정은 들뜬 기분을 감추지 않았다.
"우리가 왜 콘서트 장에서 응원봉 흔드는지 알아?"
그녀가 짧지만 깊이 고민하고 말했다.
"팬클럽 소속감 때문에?"
"비슷해. 우린 한 가수를 좋아해서 모였다는 증거 같은 거야. 가수에게 우리의 팬심을 전하고 우리가 하나라는 소속감도 있고."
"팬클럽 홍보하려는 거야?"
오현정이 웃었다.
"언니 20대 맞아? 뭐야? 그 올드한 생각은?"
그녀가 살짝 토라진 투로 물었다.
"그럼 뭔데?"
"우리는 계엄을 해제하기 위해 모인 사람들이라는 의미로. 우리는 같은 국민이라는 소속감도 느낄 겸."
"우리 둘이 들어서 그게 무슨 의미가 있다고. 꽤 걸어야 하는데 그냥 도시락만 챙기지?"
"그럼 나 혼자라도 들래."
그녀가 한 수 접으며 배려했다.
"그래! 그거라도 들고 있으면 총 맞을 확률은 줄어들겠네. 군인

중에도 그 가수 팬 있을 거 아니야? 설마 같은 팬을 쏘겠어? 같이 들고 가자."

그녀와 오현정이 국회 앞에 도착했다. 도시락을 나눠 들고 응원봉을 흔들며 걸었다. 시민들은 대통령이 계엄 해제를 발표하지 않자 추위에도 불구하고 국회 앞을 지키고 있었다. 국회 정문 앞은 추위를 녹이거나 허기를 달랠 무언가가 전혀 없었다. 시민과 경찰, 군인들은 추위와 싸우며 대통령이 계엄을 해제하길 기다리고 있었다. 넉살 좋은 오현정이 큰소리로 외쳤다.
"배고프신 분들 도시락 있어요! 드시면서 기다리세요!"
추위에 지친 사람들이 오현정을 돌아봤지만 머뭇거렸다. 오현정이 도시락 개수를 정확하게 세고는 다시 한번 소리쳤다.
"정확히 열다섯 개 가져왔거든요. 우리 조금씩이라도 나눠 먹어요."
15개라는 말에 사람들은 눈치를 봤다. 춥고 배고팠지만 나보다 더 허기진 사람을 위해 양보하려 했다. 다가오지 않는 사람들을 향해 그녀가 나섰다.
"부족하지만 한입씩이라도 드시면서 모여 있으면 체온 때문에 따뜻하니까! 몸이라도 서로 녹여봐요!"
제일 먼저 안현모가 걸음을 옮겼다. 그 뒤로 오상진과 이수진이 손을 잡고 다가왔다. 각자 떨어져 추위에 떨던 사람들이 그녀와 오현정에게 모여들었다. 오현정이 달빛을 닮은 미소로 도시락을 나눠줬다. 도시락을 받아 든 택시기사가 주머니에서 사탕을 꺼냈다.

"내가 택시에서 당 떨어지면 먹으려고 사놓은 거라 맛은 없지만 이거라도 같이 나눠 먹읍시다."

기사는 오현정과 그녀에게 사탕을 건넸다.

"어머 기사님! 아직도 안 가셨어요?"

이수진이 기사에게 아는 척을 했다.

"기왕 온 거 해제한다고 말할 때까진 기다려야죠. 아! 사탕 좀 먹어요. 추우면 당도 빨리 떨어져요."

기사가 이수진과 오상진에게도 사탕을 건넸다.

"남편분 만나서 다행이네요."

기사가 오상진의 어깨를 다독였다.

기사의 모습을 본 안현모가 정신없이 주머니를 뒤졌다. 초코바가 몇 개 손에 쥐여졌다. 그는 기사에게 초코바를 나눠줬다.

"잠시만요. 저희 버스에 좀 더 있을 거예요."

안현모가 버스로 뛰어갔다. 어느 시민은 먹다 남은 과자를 꺼냈고 어떤 시민은 견과류 몇 봉지를 꺼냈다. 시민들이 주머니를 털어 간식을 모았지만 전부 먹기에는 부족한 양이었다. 그런데 성경에서 말한 오병이어의 기적이 일어났다. 모여 있는 사람들 전부 간식을 먹을 수 있었다.

시민들은 한입 먹을 걸 반입만 먹으며 배려했고, 받은 사탕을 더 나이 든 누군가에게 양보했으며, 안현모가 가져온 초코바 한 봉지는 세 등분이 되어 세 명의 시민에게 돌아갔다.
강추위에 코가 얼얼했지만 훈훈한 기운이 강한 추위를 버틸 수 있게 만들어 주고 있었다.
혹시나 계엄에 동조하는 군부대가 있을 것에 대비해서 경계를 강화하던 707대원들도 시민들의 모습을 목격했다.
박재형이 대원들에게 물었다.
"우리 헬리콥터에 생수 있지 않나?"
전 하사가 기대감에 물었다.
"나눠드릴까요?"
"우린 충분히 마셨잖아. 다시 가져가봤자 뭐 해? 생수도 다 시민들이 내신 세금인데 돌려드리자."
누구랄 것도 없이 대원들이 생수를 옮기기 바빴다.

시민, 경찰, 군인이 한데 모여 휴식을 취하고 있었다.
긴장감이 감돌 땐 몰랐는데 한숨 돌리고 나니 시민, 경찰, 군인이 함께 있는 게 어색했다. 몸부림치며 들어가려 했고 그걸 막아섰던 행동이 서먹한 기운을 만들었다. 몸을 녹이려면 붙어있어야 했지만 대화가 없으니 여간 불편한 게 아니었다.
그때 오현정이 핸드폰으로 음악을 틀었다. 오현정이 들고 있는 응원봉의 주인공 아이요의 노래였다. 덕분에 무거웠던 분위기가 한층 부드러워졌다.

오현정이 노래를 흥얼거리며 응원봉을 수줍게 흔들었다. 몇 시간 전 시민들을 향해 총을 겨누었던 서 하사가 응원봉에 시선을 고정했다.

오현정이 눈치를 채고 물었다.

"저 군인님? 혹시 아이요 팬이세요?"

서 하사가 당혹감을 감추지 못하고 박재형을 바라봤다. 대원들은 작전 중 민간인과의 대화가 허락되지 않았다.

박재형이 서 하사에게 어깨동무를 했다.

"우리 작전하는 거 아니잖아. 말씀드려. 너도 저거랑 같은 모양 응원봉 있었던 거 같은데?"

서 하사는 부끄러운지 오현정이 아닌 박재형에게 대답했다.

"맞습니다. 저도 같은 응원봉 있습니다."

오현정이 반가움을 감추지 못했다.

"오! 우리 같은 식구네!"

오현정이 응원봉을 서 하사에게 건넸다.

"같이 응원할래요? 여기 있는 사람들 힘내라고!"

서 하사가 수줍게 응원봉을 받아 들었다.

그때 노래가 끝나고 새로운 노래가 시작됐다. 아이요가 80년대 유명 가요를 리메이크한 노래였다. 오현정이 먼저 흥얼거렸다.

뒤를 이어 택시 기사가 따라 불렀다. 오상진과 이수진도 함께 노래를 불렀다. 안현모와 대원들도, 박재형과 대원들도 하나둘 목청을 높였다.

저들의 푸른 솔잎을 보라
돌보는 사람도 하나 없는데

비바람 맞고 눈보라 쳐도
온 누리 끝까지 맘껏 푸르다

서럽고 쓰리던 지난날들도
다시는 다시는 오지 말라고

땀 흘리리라 깨우치리라
거칠은 들판에 솔잎 되리라

우리들 가진 것 비록 적어도
손에 손 맞잡고 눈물 흘리니

우리 나갈 길 멀고 험해도
깨치고 나아가 끝내 이기리라

우리들 가진것 비록 적어도
손에 손 맞잡고 눈물 흘리니

우리 나갈 길 멀고 험해도
깨치고 나아가 끝내 이기리라
깨치고 나아가 끝내 이기리라

노래를 부를수록 핸드폰 플래시 불빛이 커져갔다. 서 하사가 흔들고 있는 응원봉과 시민들의 손이 동작을 같이 했다.
시민들이 모여 있는 곳은 거대한 불빛으로 밝게 빛났다.

그렇게 우리들의 광화문 물결은 시작됐다.
12월 3일. 그날의 주인은 권력자가 아닌 바로 우리 국민이었다.
각자 철학이 다르고 삶이 다르고 사상이 다른 우리들은 대한민국의 민주주의와 정의라는 이름 아래 하나가 됐다.
5.18의 역사가 일깨워준 민주주의를 피 한 방울 흘리지 않고 지켜낼 수 있는 기적을 이뤄냈다.
우리의 평화적 시위는 권력자의 독재를 막아내고 권력에 기생하려던 탐욕을 막아냈다.

이재연

계엄이 선포됐다. 내가 할 수 있는 일이라고는 유튜브로 국민께 호소하는 길뿐이었다. 내가 믿을 수 있는 건 180석의 야당 의원들도 아니요. 거대 야당의 대표직도 아니었다. 오직 국민만이 내가 떠올릴 수 있는 최후의 보루였다.

: : :

이재연은 보잘것없는 사람이었다.
제대로 된 임금을 받아 본 적 없이 16살 때부터 먼지 가득한 공장에서 일해야 했다. 하루 16시간 이상을 일하는데 그와 식구들은 입에 풀칠하기도 힘들었다. 희한하게도 사장의 얼굴은 기름져만 가는데 그와 가족들은 야위어 갔다. 삼시 세끼를 제대로 먹기도 벅찬데 사장은 그가 공장에 다닌 지 3년 만에 동종업계에서 가장 큰 공장을 소유했다.

보잘것없던 비루한 소년공은 사장을 지켜보며 꿈을 키워나갔다. 삼시 세끼를 먹을 수 있는 방법은 하루 16시간의 노동이 아닌 16시간의 공부라는 것을 깨달았다. 노동자는 가진 자의 배 불려주는 도구일 뿐이었다. 그가 가진 자들의 도구가 되지 않는 방법은 오직 배움뿐이었다.

이재연은 공장 사장을 통해 첫 번째 인생의 길을 선택했다.

: : :

국회의장 우원석이 계엄 해제가 가결되었음을 발표했다. 본회의장 안은 박수 소리가 울려 퍼졌다. 우원석이 서둘러 대통령실 쪽으로 계엄 해제 가결안을 보냈다. 계엄을 막은 국회의원들이 하나둘 자리에서 일어나려 했다.

이재연은 본회의장이 쩌렁쩌렁 울릴 정도로 큰 소리를 냈다.

"아직 안 됩니다! 대통령이 계엄 해제를 발표할 때까지는 기다려야 합니다."

의원들은 빠르게 인정했다. 본회의장을 빠져나가려던 발걸음을 멈추고 각자의 자리로 돌아갔다.

이재연의 예상은 맞아떨어졌다. 계엄 해제가 가결되었음을 전달받고서도 대통령은 계엄 해제를 공식화하지 않았다. 국회의 계엄 해제안 가결 즉시 대통령은 해제를 발표해야 한다는 헌법이 유린당하고 있었다.

의원들은 찜찜함을 감추지 못했다. 우원석 의장이 이재연에게 다가갔다.

"한 번 더 계엄 선포할 가능성이 있는 것 같네요."

이재연이 여유 있게 말했다.

"그러겠죠. 그러고도 남을 사람이니까요."

이재연은 본회의장에 감돌고 있는 초조함과는 거리가 먼 모습을 보였다.

우원석이 물었다.

"근데 대표님 태도에 여유가 있으십니다. 뭐 알고 계신 거 있으세요?"

이재연이 솔직 담백한 이야기를 꺼냈다.

"네. 당연히 알고 있죠."

우원석은 호기심 반 걱정 반의 표정을 보였다. 이재연이 수십 년 전의 일을 회상했다.

"제가 두 번째 인생을 계획했을 때였습니다."

: : :

'민주주의 최후의 보루는 깨어있는 시민의 조직된 힘입니다.'
고 노무현 대통령이 국민에게 말했었다.
이재연은 그 말의 의미를 누구보다 잘 알고 있었다. 다르지만 같은 길을 걸어온 노무현과 이재연의 운명은 어느 누구보다 조직된 시민의 힘을 신앙과 같이 받들었다.
그래서였다. 이재연은 노무현의 길을 가지 않기로 결심했다. 역사상 가장 많은 존경과 그리움의 대상인 된 노무현 대통령과 다른 길을 걷기로 결심했다.

퇴임 이후 검찰에게 농락당하는 노무현 대통령을 본 시민들의 분노는 극에 달했다. 봉화마을은 대통령을 보기 위한 사람들로 하루 종일 북적였다. 현 권력과 검찰의 더럽고 지저분한 괴롭힘이 거세질수록 시민들은 봉화마을로 몰려들었다. 대한민국 어느 관광지보다 훨씬 많은 인파가 노무현 대통령을 지키고자 했다.
당시 노무현 대통령이 마음만 먹었다면 거대한 촛불은 대한민국에 존재하는 온 광장을 밝혔을 것이다. 하지만 노무현 대통령은 조직된 시민의 거대한 바람을 막아섰다.
시대적 비극이었을까? 당시 권력자는 윤성열과 같은 폭군이었다. 권력에 반하는 자들을 향해 물대포를 쏘고 몽둥이질을 했다. 노무현 대통령은 그런 비극의 시대에 시민들이 희생되는 것을 원치 않았다.
노무현 대통령은 다짐했다.
'나만 당하면 된다. 수치스러운 검찰의 무리한 기소와 가짜뉴스를 퍼뜨리며 조롱하는 언론을 혼자 감당한다면 시민들은 피 흘리지 않는다.'
하지만 더러운 권력과 검찰은 지레 겁을 먹었다. 수십만이 군집하는 봉화마을이 두려워졌다. 권력자는 두려움과 동시에 질투에 사로잡혔다. 권력의 지지율은 바닥을 기고 있는 반면 시골에 칩거하고 있는 노무현의 지지율은 최고치를 경신했다. 사람들은 청와대가 아닌 봉화마을을 바라보며 대한민국을 꿈꾸고 있었다.
결국 권력과 검찰은 시민들을 꿈꾸게 만드는 대상을 제거하기로 했다. 조직된 시민들을 잠재울 유일한 방법이었다.

이재연은 끝까지 지켜봤다.
악랄한 권력이 두려움의 대상을 어떻게 제거하고 무너뜨리는지!
권력의 앞잡이를 자처한 검찰이 민중의 지도자를 어떻게 끌어내리고 파멸시키는지!
이재연은 고 노무현 대통령을 통해 두 번째 인생을 선택했다.

: : :

이재연이 우원석에게 물었다.
"민주주의 최후의 보루. 조직된 시민의 힘! 그 힘이 무너지는 순간이 언제인지 아십니까?"
"언제입니까?"
이재연은 노무현의 여정 속에 깨달은 철학을 말했다.
"뭔가를 바라고 꿈꾸게 만들었던 대상이 사라질 때."
우원석이 고개를 끄덕였다. 이재연이 말을 이었다.
"노무현 대통령이 돌아가시고 나자 봉화마을을 찾던 수십만 군중이 더는 봉화마을을 찾지 않았습니다. 시민들이 바라고 원하던 분이 더는 그곳에 계시지 않았기 때문입니다."
우원석의 눈가가 촉촉해졌다. 함께 민주주의를 지켜온 소중한 동지의 옛 모습을 떠올리니 미어지는 가슴을 참을 수 없었다. 이재연도 그랬다. 그는 뜨거운 감정을 꿀꺽 삼켜내며 말했다.
"제가 감히 모든 시민의 꿈을 대표한다고 생각하지 않습니다. 다만 제가 국회의원이 되고 당대표가 됐다는 건 누군가는 저를 바라고 원한다는 증거이기도 합니다. 저는 권력에 제거되지 않을 겁니다. 가짜뉴스와 온갖 죄를 뒤집어씌워서 끌어내리려 해도 제거되지 않을 겁니다. 그래야 조직된 시민의 힘을 잃지 않을 테니까요."

우원석이 잠시 생각에 잠겼다. 이재연이 자리에서 일어났다.

"의장님. 저랑 잠시 걸으면서 얘기 좀 나눌 수 있을까요?"

우원석이 난감해했다.

"대통령이 무슨 짓을 할지도 모르는데 안에 있어야 하지 않겠습니까."

이재연은 자신감을 내비쳤다.

"국회 안까지 절대 못 들어옵니다. 국회 안이라면 괜찮습니다."

"군인들 아직 복귀 안 했습니다. 너무 자신하시는 것 아닙니까."

우원석은 대통령을 신뢰하지 않았다. 대신 이재연이 신뢰를 심어줬다.

"제가 직접 확인시켜 드리겠습니다."

이재연이 앞장섰다. 우원석이 의심하지 않고 따라나섰다.

본회의장을 나오자 보좌관들과 아직 후퇴하지 않은 군인들이 섞여 있었다. 우원석이 잠시 걸음을 멈췄다. 이재연은 신경 쓰지 않고 걸었다. 군인들은 두 사람을 목격했지만 어떤 행동도 하지 않았다.

이재연이 말했다.

"아마도 저와 의장님은 체포 대상 1순위였을 겁니다. 의장님도 그렇게 생각하십니까?"
"그러니까 제가 본회의장에 있자고 한 거겠지요."
"그런데 군인들은 어떤 행동도 하지 않네요."
"그러네요."
두 사람은 천천히 걸었다. 복도를 지나오며 군인들을 여럿 마주했지만 누구 하나 달려오지 않았다. 우원석도 조금씩 적응해 나갔다.
이재연이 난장판이 된 국회를 보며 한숨을 쉬었다. 군인들이 깨버린 창문이 보였다. 유리 조각이 사방에 흩어져 있었다. 사무실 집기들이 우후죽순 방어선을 구축한 모습도 보였다. 처참한 수준의 국회는 대한민국 헌법 기관이라는 것이 믿기지 않을 정도로 볼품없었다. 우원석이 중얼거렸다.
"많이도 망가졌네요."
이재연이 창밖 국회 정문을 바라봤다.
"근데 우리 시민들은 예전보다 더욱 빛나지 않습니까? 국회가 잘 지어져 봤자 뭐하겠습니까. 시민들이 곧 나라이자 국회인데요. 시민들이 빛나니 그걸로 위안 삼아봅니다."
우원석이 참지 못하고 물었다.
"대체 어디 가시는 길입니까?"
"조금만 더 걸으시면서 제 이야기 들어주시겠어요? 제가 하고 싶은 말이 아주 많았습니다."
우원석이 공감했다.
"하긴 저도 오는 길에 얼마나 놀랐던지. 하실 말씀 있으시면 해보십시오."
이재연이 정문에 있는 시민들에게 눈을 떼지 못하고 말했다.
"계엄이 선포된 후 국회로 오는 길에 이미 예상했어요. 군인과 경찰들이 막고 있겠구나. 그리고 저나 의장님은 반드시 체포조가 투입 되서 잡아가겠구나!"
이재연은 몇 시간 전의 섬뜩했던 순간을 떠올렸다.

: : :

이재연이 아내에게 운전을 맡겼다. 국회로 가는 길이 자살행위처럼 느껴졌다. 군과 경찰 병력이 국회를 장악했을 것이다. 그들에게 체포 명단이 전해졌고. 분명히 그와 야당 인사 여럿이 명단에 포함됐을 것이다.
수십 년 정치를 해왔지만 이런 경우는 생소했다. 2024년도에 일어날 수 없는 최악의 시나리오였다. 그렇기에 어떤 대비도 없었다. 계엄이 선포되자마자 '우선 국회로 가서 막자.'라는 간절함이 행동을 재촉했지만 체포조에 대한 대응책은 아무리 생각해도 떠오르지 않았다.

아내는 운전하는 내내 울고 있었다. 그가 아내의 손을 잡았다. 아내가 말했다.

"당신 잡혀가면 어떡해?"

이재연이 농담을 건넸다.

"당신은 잡혀갈 걸 알면서도 국회로 가고 있네? 차 돌릴 마음 전혀 없는 거 같은데?"

아내가 버럭 화를 냈다.

"이 상황에서 농담이 나와?"

"궁금해서. 남편 잡아갈 군과 경찰이 쫙 깔린 국회로 왜 가는 건지. 지금이라도 방향 틀면 되잖아."

아내가 원치 않는 길을 가야만 하는 상황을 원망했다.

"막아야잖아! 잡혀가더라도 일단 막아야잖아! 시도라도 해봐야잖아! 그러라고 사람들이 당신 뽑아줬잖아! 당신 여기서 도망가면 목숨은 건져도 평생 숨어 살아야 해! 그래서 간다! 그래서 죽더라도 국회에서 죽으라고 가는 거라고!"

이재연이 차분하게 말했다.

"노무현 대통령께서도 그랬겠지? 대통령께서 그리 되실 걸 알면서도...."

아내가 원망을 억지로 삼켰다.

"당신도 그렇잖아. 비겁하게 도망치는 것보단 명예롭게 국회에서 죽을 거잖아. 그래서 차 못 돌리겠어."

이재연이 아내의 손등을 토닥였다.

"역시 수십 년 함께 살았다고 잘 아네."

아내가 조금 전과는 다르게 냉정함을 유지했다.

"정치적 명예든 국민에 대한 충성이든 상관없어. 무조건 막아내. 그럼 살 수 있는 확률이 올라가는 거니까. 잡히더라도 계엄 막아내고 잡혀. 계엄 막아내면 노통께서 그러셨듯이 국민들이 당신 지켜주려고 모여줄 거야."

아내의 말에 머리가 번뜩였다. 이재연이 황급히 주머니를 뒤졌다.

"핸드폰 어딨어?"

이재연은 정장 안주머니에서 핸드폰을 찾았다. 서툰 동작으로 유튜브 라이브 방송을 켜려 했다. 아내가 힐끗 바라봤다.

"뭐 하려고?"

"나는 봉화마을 같은 곳이 없잖아. 근데 요즘은 봉화마을 같은 장소가 없어도 여기서 사람들이 모일 수 있거든."

유튜브 라이브 방송이 켜졌다. 수만 명의 사람들이 동시에 접속했다. 봉화마을에서 노란 물결을 일으켰던 위대한 시민들이 다시 뭉쳤다. 다른 점이 있다면 노란 물결과 같은 통일된 단합이 아니었다. 형형색색 개성 있는 프로필이 개개인을 대표했다. 다르지만 같은, 같지만 다른, 예전보다 훨씬 진화된 시민의 힘이 자유롭게 유튜브로 모였다. 수만 명의 사람들이 채팅으로 계엄을 이야기하며 분노했다. 그가 말했다.
"저는 계엄을 막으러 국회에 가고 있습니다. 제가 계엄을 막을 수 있게 도와주십시오. 모두 국회로 와주십시오. 여러분이 대한민국을 지켜주십시오!"
채팅창에는 국회로 가자는 사람들의 글로 넘쳐났다. 이재연이 채팅창 글을 읽으며 말했다.
"여보. 나 안 잡혀갈 것 같다. 이번 계엄 막을 수 있을 것 같다."

: : :

이재연과 우원석이 본관 건물을 빠져나와 나란히 정문을 향해 걸었다. 상록수를 부르고 있는 시민들의 노랫소리가 들려왔다. 이재연이 함께 흥얼거렸다. 우원식이 가만히 노래를 듣다가 말했다.
"오랜만에 들어보네요. 노통께서 대선 때 부르셨던 노래였는데."
이재연이 우원석의 손을 잡았다.
"시대가 바뀐다고 한들 우리가 바라는 세상까지 바뀌는 건 아니니까요. 제가 국회에 오면서 믿을 수 있는 건 우리 국민들뿐이었습니다. 제1야당의 대표직도, 180석의 의원들도 아니었어요. 그거 기억나세요? 노통께서 대선 자금 부족했을 때 국민들이 저금통 모금해서 드렸잖아요. 그때 노통께서 그러셨죠. 유일하게 국민에게 빚을 졌다고... 저도 그렇네요. 저도 오늘 국민께 큰 빚을 졌어요."

우원석도 이재연의 손에 힘을 전했다.

"그렇네요. 대표님도 저도 오늘 국민께 큰 빚을 졌네요."

이재연이 그리움을 말했다.

"그래서 노통께선 빚을 진 시민들을 지키고자 그런 선택을 하셨겠지요?"

우원석은 아무 말 없이 호흡을 가다듬었다. 울컥하는 슬픔을 달래기 위해서였다. 이재연이 말을 이었다.

"전 솔직하게 말씀드려서요. 그때 노통께서 시민들과 함께 권력에 맞서길 바랐습니다. 민주주의 최후의 보루, 조직된 시민들은 노통을 지키고자 했으니까요. 그래서 검찰개혁의 임무를 완수하시길 바랐어요."

우원석이 공감을 표했다.

"저도 그랬어요. 그렇게 처참하게 당하기만 하시는 게 당시에는 이해되지 않았어요."

우원석은 "당시에는."이라는 단어를 붙였다. 이재연은 그 의미를 알 수 있었다.

"맞아요. 당시에는... 근데 오늘 저는 세 번째 인생의 계획을

세웠고 그걸 위해 나아갈 겁니다."

우원석은 미소를 지었다. 어떤 계획이든 국민을 위한 선택이라는 것을 알았다. 그리움에서 벗어나고자 기대에 찬 가벼운 마음으로 이재연에게 물었다.

"국회의장으로서 어떤 의중인지 여쭤봐도 될까요?"

이재연은 기다렸다는 듯이 대답했다.

"앞으로는 국민이 우리를 지켜주지 않아도 되는 세상을 만들고 싶습니다. 우리가 국민을 지켜주는 대한민국을 만들고 싶습니다. 오늘 국민께 진 빚, 절대 잊지 않겠습니다. 반드시 이 빚을 배로 갚아드리고 싶습니다."

우원석이 이재연의 어깨를 감싸고 걸었다.

"대표님은 노통과 많이 다르신 분이시거든요. 근데 참 많이 닮았어요. 그래서 같이 걷는 게 신선하기도 하고 익숙하기도 해요."

이재연도 우원석에게 어깨동무를 했다.

"노통과는 다르죠. 그런데 우리 목적지는 하나지 않습니까. 의견도 다르고 이끌어 가는 방식도 다르지만 결국 원하는 게 같은 이상 모두 닮아있지 않겠습니까."

두 사람은 빛나는 시민들을 향해 걸어갔다.

우원석이 말했다.

"우리 시민들 배고플 텐데. 국회에 뭐 드릴 거 없겠죠?"

이재연이 말했다.

"감사하게도 후원자들께서 푸드트럭이랑 난방버스 몇 대 불러주셨어요. 출출하실 텐데 같이 어묵 드시고 노래나 부르시면서 계엄 해제 기다리시죠."

시민들은 푸드트럭 근처에 모여 노래를 부르고 있었다. 군인도, 경찰도 아무렇지 않게 한데 섞여 상록수를 열창했다.

이재연이 물었다.

"이만하면 윤성렬이 다시 계엄 선포한들 안심하셔도 되지 않을까요?"

우원석이 눈물을 글썽이며 웃었다. 이재연이 우원식의 어깨를 꽉 잡았다.

"저분들이 힘을 잃지 않도록, 우리 절대 그들에게 제거되지 맙시다. 반드시 살아남아서 저분들이 자유롭게 모일 수 있도록 지켜드립시다. 언제든 저분들이 모여서 원하는 걸 외칠 수 있게… 우리가 꼭 만들어 드립시다."

독재를 꿈꾸던 권력자의 강압적인 명령을 따르는 자는 아무도 없었다.

독재를 막아내기 위해 모여 달라고 호소한 남자는 시민의 자발적인 행동을 이끌었다.

독재를 꿈꾸던 권력자는 80년대와 같이 폭력으로 국민을 무릎

꿇릴 수 있다고 믿었다.
독재를 막아내기 위해 모여 달라고 호소한 남자는 역사가 성장시켜 온 빛나는 국민을 믿었다.

권력자는 역사를 무시했고, 남자는 역사를 존중했다.
내란에 동조한 공범들은 역사를 우습게 여겼고, 내란을 막은 국민은 역사를 가슴에 새겼다.

역사를 유기하고 방관한 아둔한 자들은 미처 알지 못했다.
피로써 지켜낸 민주주의가 평화의 촛불을 만들었고, 평화의 촛불은 절대 꺼지지 않는 응원봉의 역사로 성장했다는 것을!

현재를 만들어 내기 위해 흘린 피가 얼마나 많았던가!
그 피를 유기하고 방관할 국민은 단 한 명도 존재하지 않았다.
경솔하고 오만방자한 자들만이 독재라는 달콤한 꿈에 젖어 유기하고 방관했을 뿐!

소재원

-나는 살면서 정의가 승리하는 순간을 단 한 번도 마주한 적이 없었다.
내가 작품 속에서 자주 하는 말이다.
2024년 12월 3일.
나는 이 말을 쓰지 않게 됐다. 그리고 처음으로 작품 안에 써 내려간다.
-나는 2024년 12월 3일 정의가 승리하는 순간을 처음으로 만끽했다.

사람들은 나에게 '약자를 대변하는 작가'라는 수식을 선물해 줬다. 이 수식에는 다른 별명도 따라왔는데 '단 한 번도 이겨본 적 없는 작가'라는 수식이었다.

뒤따라오는 별칭은 유쾌하지 않지만 부인하지 않았다. 그랬다. 나는 단 한 번도 승리의 순간을 마주한 적이 없었다. 작가가 된 이후로, 아니 내가 태어나서 지금까지 정의가 권력을 이기는 당연한 기적을 마주한 적이 없었다.

어쩌면 이 땅의 역사가 그랬는지도 모르겠다.

이 땅의 수천 년의 역사 속 왕들은 백성을 위해서라는 대의를 명분으로 나라 이름을 바꿔왔다. 착하디착한 백성들은 권력자의 말을 믿고 목숨을 바쳐 싸웠다. 결국 우리의 피가 왕의 성과 나라의 이름을 바꿨지만, 우리를 기리는 역사책은 존재하지 않는다. 대의라는 명분만을 던져준 권력자들을 찬양할 뿐이다. 우리는 그저 권력자의 배를 불려주기 위해 존재했고 권력자의 영광을 위해 이 땅을 개혁했다.

수천 년의 찬란한 역사?

그 역사에게 묻고 싶다.

우리가 배부르게 잘 먹고 잘살았던 역사는 어디에 기록되이 있는가!

천여 번의 전쟁 속에 희생된 우리 이름을 새긴 역사는 어디에 존재하는가!

평범한 우리가 찬란한 역사를 누렸다고 쓰인 역사책은 대체 어디에 있단 말인가!

바꿔 말해서 우리의 피가 이 땅 전역에 뿌려져 있다는 말이다. 우린 권력자의 탐욕을 지키기 위해 쓰러져 갔단 말이다. 그렇게 희생된 우리 이름은 역사책에 한 줄도 쓰여있지 않았단 말이다.
나는 이 땅의 역사가 원통했다.
단 한 번도 이겨본 적 없는 우리가, 이용만 당했던 우리가, 어떤 역사에도 기록되지 못했던 우리가, 가여웠다.

12월 3일. 나는 새로운 작품을 집필하고 있었다. 집필실에서 17시간째 글과 씨름하고 있을 때였다. 늦은 밤 갑자기 핸드폰 진동이 울렸다. 집필에 집중하기 위해 받지 않았는데, 희한하게도 다른 사람들에게 10여 분가량 쉬지 않고 연락이 왔다.
집필을 방해받은 짜증보다 불길한 기운이 먼저 찾아왔다. 15명 정도의 사람들이 동시다발적으로 연락을 해오는 경우는 흔치 않다 못해 경험해 본 적도 없었다. 이런 경우 축하보단 안 좋은 일일 가능성이 컸다.
나는 16번째 전화를 걸어온 사람의 전화를 받았다.
"비상계엄 선포됐어! 미친 거 아니냐!"
절친한 친구는 전화를 받자마자 소리쳤다. 내가 "계엄?"이라고 말하며 TV를 켰다. 전 채널이 비상계엄 속보를 전하고 있었다. 머리가 아득해졌다. 정신없이 신발을 신었다. 15층에서 정신없이 뛰어 내려가며 친구에게 슬픈 소리를 냈다.
"왜 우린 항상 평범한 일상을 지키기 위해 피를 흘려야만 하는 거냐."
친구가 내 발걸음 소리를 듣고 다급히 말했다.
"너 어디 가려고? 계엄 터졌는데 어딜 가려고?"
"국회. 비상계엄을 막을 수 있는 건 국회의원들뿐이니까."
"미친놈아! 거기 군대 쫙 갈렸을 건데?"
"그러니까 우리가 들어가게 해줘야지! 국회의원들 다 총 맞아 죽으면! 누가 계엄 해제시켜! 그땐 오늘 흘릴 피보다 수만 배는 더 많은 피를 흘려야 된다고!"
"너도 제정신 아니네. 니가 간다고 달라지는 것도 없어!"
맞다. 내가 간다고 달라지지 않는다. 그저 총알받이가 될 뿐이다. 나는 1층에 다다라서 친구에게 마지막 말을 전했다.
"나 혼자면 그렇겠지. 근데 분명히 나 이외에 수많은 사람들이 올 거야. 그럼 달라져. 나 같은 사람 수백 명만 모이면 반드시 달라져."
나는 차에 시동을 걸고 국회로 출발했다.

국회에 거의 다다라서야 아이들과 통화했다. 아이들은 해맑았다. 티 없는 아이들의 웃음소리에 갑자기 두려워졌다. '내가 죽으면 아이들은 어쩌지?'라는 과대망상이 엄습했다. 천천히 자동차 속도를 줄였다. 첫째 아이 소명이가 물었다.
"아빠. 거기 위험한 건 아니지?"
큰 의미 없이 묻는 아이와 달리 나는 심각하게 대답했다.
"글쎄"
나는 '아니야.'라고 말하지 못했다. 불안을 느낀 소명이가 다시 물었다.
"아빠 거기 갔다고 대통령이 공격하는 거 아니지?"
"글쎄."
나는 '응.'이라고 대답하지 못했다. 소명이의 걱정이 극에 달했다.
"아빠 그냥 와라. 가면 안 될 것 같다."
9살 아이의 입에서 공포를 말하고 있었다. 나의 의지는 30분 만에 꺾였다. 서둘렀던 마음을 진정시켰다. 서행하면서 소명이에게 말했다.
"아빠가 근처만 갔다 와볼게. 국회까진 가지 않고."
"근처만 가야 해. 거기 가면 안 돼."
소명이는 어떻게 해서든 약속을 받으려 했다.
"응. 걱정 마. 약속할게."
나는 비로소 확답을 전했다.
소명이와 대화하면서 어떤 안전도 보장받을 수 없는 정권이라는 것을 깨달았다. 지금까지 대통령이 해온 거짓말들을 떠올렸다. 대통령은 우리가 총에 맞아 죽어도 그 죽음마저 조작하고 거짓말로 발표할 것 같았다.

'종북 세력들의 국회 점령이 있었기에 사살했습니다.'

나는 죽어도, 설사 산다고 해도 간첩으로 내몰릴 것이다. 우리 가족은 무너져 내릴 것이다. 나의 과도한 민주주의 수호가 어린아이들의 미래까지도 잡아먹어 버릴 것이다.

그러고도 남을 인간이라는 것은 지난 2년 동안 충분히 경험했다. 나는 무모하고 부도덕한 대통령을 신뢰할 수 없었다.

독재를 탐하는 대통령이 발표한 포고령에는 분명 국회를 포함, 정치적 활동을 금지한다고 적혀 있었다. 처단이라는 최악의 단어도 과감하게 써재껴 놓았다.

결국 내 차는 국회로 이동하지 못했다. 올림픽대로를 빠져나와 곧장 한강 주차장으로 향했다. 국회 가까이 가면 차량 번호를 추적할 것 같았다. 주차를 하고 조용히 올라와 멀찌감치 떨어져 국회를 바라봤다. 사람들이 경찰과 대치 중이었다. 무장을 했는지는 보이지 않았다. 또다시 마음이 흔들렸다.

'무장하지 않았으면 가서 길 한 번 열어볼까?'라는 용기가 솟아났다. 하지만 나의 갈등은 오래 가지 않았다. 얼마 지나지 않아 헬리콥터 소리가 요란하게 들려왔다. 나는 어떤 고민도 없이 돌아서서 편의점으로 향했다.

나는 아주 오랫동안 편의점에 머물렀다. 커피를 마시면서 핸드폰으로 뉴스를 보고 있었다. 내가 자리에서 일어나 돌아간다면 역사의 죄인이 될 것 같았다. 제발 총소리만은 울려 퍼지지 않기를 간절히 바라며 뉴스 보도에 촉각을 곤두세웠다.
국회의원들이 담을 넘어 본회의장으로 들어가고 있다는 소식이 들려왔다. 뒤를 이어 150명 이상의 의원이 본회의장으로 들어갔다는 속보가 이어졌다. 떨리는 마음으로 뉴스를 보고 있는데 가슴이 철렁 내려앉는 보도가 눈에 들어왔다. 군인들이 창문을 깨고 국회 안으로 진입했다는 것이다. 군인이 국회로 파견되어서도 안 되지만 국회 안으로의 진입은 있을 수 없는 일이었다. 어떤 역사도 군인이 입법 기관을 짓밟은 일을 정당화한 기록은 없었다. 이어지는 보도는 보좌관들이 군인을 막아서고 있고, 국회의원들은 빨리 투표를 해야 한다며 고함을 지르고 있는 모습이었다. 가슴이 뜨거워졌다. 일단 편의점을 나가서 국회로 가야만 후회하지 않을 것 같았다.
때마침 소명이에게 전화가 걸려왔다. 나는 애써 밝은 목소리로 전화를 받았다.
"아빠 언제 와?"
소명이는 늦은 시간까지 집에 들어오지 않는 내게 다짜고짜 물었다.
"아빠 아직 국회 앞이야."

소명이가 나에게 확신의 신념을 심어줬다.

"아빠 내가 다시 생각해 봤거든? 근데 국회 가도 괜찮을 거 같아. 갔다 와 봐."

소명이는 별일 아니라는 듯 이야기 했다. 내가 물었다.

"갑자기 생각이 바뀐 거야?"

"내가 아빠랑 전화 끊고 엄마랑 TV 봤거든? 근데 나도 커서 군대 가잖아. 국회에 있는 형아들도 나랑 같은 국민이잖아. 근데 아빠를 왜 쏴?"

나는 신선한 충격을 받았다. 고작 9살짜리의 논리가 꽤나 설득력 있었다. 소명이는 가벼운 말투로 말을 이었다.

"아빠 군인들이 안 쏠 거야. 가도 돼."

"그럴까?"

우습게도 어른인 내가 꼬마 아이에게 조언을 구했다. 소명이는 내가 바라는 희망이 현실임을 확인 시켜줬다.

"군인 형들은 초등학교까지 졸업했잖아. 나보다 똑똑하잖아. 그럼 누가 나쁜지 다 알고 있잖아. 근데 아빠를 왜 쏴?"

맞다. 군인들은 역사를 배웠다. 우리의 역사는 지금과 똑같은 상황을 몇 번 마주한 적이 있었다. 내가 소명이에게 물었다.

"명이는 그렇게 믿어?"

"당연하지. 나도 누가 나쁜지 알잖아. 그리고 아빠가 나한테 5.18 알려줬잖아. 근데 형아들은 5.18 더 잘 알거 아니야. 아빠 무서워?"
"조금?"
진솔한 내 말에 소명이는 뭐가 그리 재밌는지 까르르 웃었다.
"아빠 겁쟁이야? 그리고 군인 형아들은 우릴 지켜주는 사람들이잖아. 아빠가 가서 윤성렬 아저씨 못 오게 막아달라고 해. 군인 형아들은 아빠 부탁 들어줄 거야."
소명이에게선 태평하다 못해 장난기까지 묻어나고 있었다. 군인을 맹신하고 경찰을 누구보다 믿었다. 9살 아이의 확신이 나를 일으켜 세웠다.
"그럼 아빠가 가서 지켜달라고 말하고 올게. 우리 명이. 자지 말고 아빠 기다리고 있어. 아빠가 어떤 일 있었는지 알려줄게."
"아빠!"
내가 전화를 끊으려는데 소명이가 다급히 말했다.
"응?"
소명이는 끝까지 장난과 기대를 가득 담아냈다.
"탱크랑 헬리콥터 있으면 사진 찍어와!"
나는 웃으며 전화를 끊고 편의점을 나섰다.

내가 편의점을 나서는데 함성소리가 들려왔다. 국회 쪽이었다. 계엄 해제를 환호하는 외침이었다. 나는 달려가던 속도를 줄였다. 서두르지 않고 걸어가며 주위를 둘러봤다. 시민들이 모여 있었다. 군인들은 대열을 제대로 갖추지 않고 있었다.

국회 주변은 기자들과 방송국 카메라, 유튜버까지 많은 인파로 북적였다. 나는 차마 반짝반짝 빛나고 있는 사람들 사이에 섞이지 못했다. 역사를 믿지 못하고 우리를 믿지 못한 부끄러움은 멀찌감치 떨어져 그들을 흠모하게 만들었다.

내가 살면서 눈에 담아냈던 순간 중 가장 자랑스러운 장면이었다.

눈물이 흘렀다. 내가 왜 울었는지 잘 모르겠다. 그저 지난날이 스쳐 지나갔다. 5.18의 역사가 떠올랐고, IMF 금모으기 운동 때 돌 반지를 가져갔던 일이 떠올랐다. 2002년 월드컵이 떠올랐고, 노무현 대통령 탄핵안이 통과될 때 처음으로 들었던 촛불이 떠올랐다.

노무현 대통령이 서거하신 때가 떠올랐고, 세월호가 침몰했던 비극이 떠올랐다. 박근혜, 최순실 국정농단 사태가 떠올랐고, 광화문이 떠올랐다.

왜 내가 살아오며 보고 듣고 배웠던 지난날이 떠올랐는지도 잘 모르겠다.

분명한 것은 국회 앞에 있는 사람들이 부러웠다. 계엄을, 내란을 막은 시민들이 자랑스러웠다. 나도 저 안에 섞이고 싶다는 욕심이 생겼다. 시민들과 부둥켜안고 추위를 이겨내고 싶었다.
나에게도 꼭 허락되길 바라고 바랐다.

새벽녘이 돼서야 집으로 돌아왔다. 아이들은 자고 있었다. 나는 오자마자 출판사에 이메일을 보냈다. 지금까지 준비하던 작품을 잠정 중단하고 새로운 작품을 집필하겠다고 선언했다. 거기에 대한 손해가 있다면 충분히 보상할 것도 약속했다.
12월 3일. 나는 지금 쓰고 있는 이 소설을 집필하기 시작했다. 그리고 국회 앞으로 나가 빛나는 고귀한 이들과 함께 탄핵을 외쳤다. 탄핵 가결의 순간, 나는 거리의 시민들과 부둥켜안고 눈물을 펑펑 쏟아냈다.
여전히 나는 찬란한 역사를 이끌고 있는 시민들을 만나기 위해 광화문으로 향한다. 12월 3일 이후 나는 정의가 승리하는 순간을 광화문에서 매번 마주하고 있다.
수천 년 역사 속에서 시민들이 주인공이었던 경우가 얼마나 될까?
근현대사 역사에서 시민이 주인공이 되기 위해서는 피를 흘리고 목숨을 잃어야 했다. 감히 덕분이라고 이야기해야 하나?
그 피는 우리에게 피 한 방울 흘리지 않고 정의가 승리하는 순간을 선물했다.
수 천 년 동안 흘린 우리의 피가 만들어낸 정의인 것이다.

나는 매주 아이들과 경복궁 주차장에 자동차를 주차하고 집회에 참여한다.

나는 아이들에게 경복궁을 지나오며 말한다.

"예쁘지? 그런데 이 집은 왕 하나만을 위한 집이었어. 이건 결코 아름다운 게 아니야. 우리가 기억해야 하는 건 이 집을 짓고 지켜왔던 이름 모를 사람들이야. 이 집에 살았던 왕보다 훨씬 더 소중한 사람들이야. 비록 우리가 이름은 알 순 없지만 꼭 기억하자. 그분들이 남겨 놓은 유산이 바로 우리들이니까."

우리 아이들은 광화문에 오면 마냥 즐거워한다. 사람들에게 간식을 나눠주고 프리허그 해주는 걸 굉장히 행복해한다. 특히 둘째 소설이는 경찰에게 간식 나눠주는 걸 좋아한다. 물론 경찰은 미소로 화답하기만 할 뿐 받지 않는다. 소설이는 민망해하기보다 경찰들이 멋지다고 말한다. 내가 소설이에게 지난 근현대사를 친절히 설명했다.

"예전에 광주에서 지금과 똑같은 일이 벌어졌었어. 당시 대통령도 독재를 하려고 민주주의를 파괴했거든. 그때도 이렇게 우리 시민들이 거리로 나왔었어. 근데 경찰들이 다 잡아가고 군인들은 모여있는 사람들을 향해 총을 쐈어. 지금 같이 우리를 지켜주지 않았어. 그런데 지금은 왜 지켜주는 줄 알아? 그때 광주에서 독재를 몰아냈기 때문이야. 그래서 우리가 이렇게 안전하게 집회를 통해 세상을 바꿀 수 있게 된 거란다."

나는 사람들을 안아주고 간식을 나눠주는 아이들을 보며 이름 모를 위인들에게 말씀드린다.

"당신들이 지켜온 이 땅에서 비로소 저희가 주인공이 되어 정의를 외칩니다. 누구 하나 다치거나 죽지 않습니다. 우린 당신들이 바랐던 평화를 수호하고 나눔을 실천합니다. 서로가 서로를 돕고 의지하며 지켜나갑니다. 아이들은 사랑을 배우고 어른들은 사랑을 전합니다."

항상 위인들께 마지막 말을 전할 때면 눈물이 흐르는 걸 막을 수 없다.

"감사합니다. 제가 나중에 당신들을 뵐 날이 온다면, 그땐 수천 년 역사 속에 사라져야 했던 당신들의 이름을 알려주셨으면 합니다. 정말 무척이나 궁금하거든요. 그리고 여러분도 제 이름을 기억해 주셨으면 합니다."

나는 눈물 속에 영웅들에게 약속을 고한다.

"전 소재원입니다. 앞으로도 언제나 정의로운 펜으로 약자를 보호하겠습니다. 하늘에서 꼭 지켜봐 주십시오. 부끄럽게 살지 않겠습니다. 언제나 바른 마음으로 살아가겠습니다. 얼굴 한 번 뵌 적 없고 이름도 모르지만 감히 말씀드립니다."

반짝반짝 빛나는 응원봉을 바라보고 있을 영웅들을 향해 진심을 다해 고백한다.

"사랑합니다. 진심으로 사랑합니다."

내가 아는 가장 소중한 말이 사랑이다. 내가 아는 가장 소중한 걸 드리고 싶었다.

권력이 질서를 파괴할 때,
시민들은 질서를 지켰다.
권력이 헌법을 파괴할 때,
시민들은 헌법을 지켰다.
권력이 진실을 파괴할 때,
시민들은 진실을 지켰다.
권력이 평화를 파괴할 때,
시민들은 평화를 지켰다.
권력이 자유를 파괴할 때,
시민들은 자유를 지켰다.
이게 바로 독재를 바라는 자들과 민주주의를 지키려는 우리의 차이다

그날의 주인은 권력자가 아닌,
바로 우리 국민이였다.

이 소설은 완벽한 사실을 기반으로 쓴 완벽한 픽션입니다.

20241203

초판 1쇄 인쇄 | 2025년 4월 7일
초판 1쇄 발행 | 2025년 4월 10일

지은이 | 소재원
펴낸이 | 김명진
펴낸곳 | 프롤로그
그린이 | 만자기

출판등록 | 제2021-000001호

공급처 | 프롤로그
전화 | 070-8621-5833
팩스 | 031-8057-6533
이메일 | prologuebooks@naver.com

ISBN 979-11-973326-9-2 (03810)

※ 이 책은 본사와 저자의 허락 없이는 내용의 일부 또는 전체의 무단 전재나 복제,
  광전자 매체 수록 등을 금합니다.
※ 잘못된 책은 구입처에서 교환해 드립니다.